성적과 인성을 동시에 잡는
공자왈 맹자왈 학습법

밥상머리 논어⁺

김광원 지음

밥상머리 논어[+]

초판 1쇄 인쇄일 2015년 8월 20일
초판 1쇄 발행일 2015년 8월 26일

지은이 김광원
펴낸곳 도서출판 유심
펴낸이 구정남 · 이헌건
마케팅 최진태
일러스트 김광원

주소   서울특별시 구로구 공원로 41, 805(구로동, 현대파크빌)
전화   02.832.9395
팩스   02.6007.1725
URL   www.bookusim.co.kr
등록   제2014-000098호(2014.7.8)

ISBN   979-11-953260-6-8 03810
값   11,000원

성적과 인성을 동시에 잡는
공자왈 맹자왈 학습법

밥상머리 논어[+]

김광원 지음

도서출판 U Sim

'인간의 도리'를 지키는 '삶의 요령'

한국일보의 김광원 기자가, 〈밥상머리 논어〉란 제목의 책을 지었다면서 추천사를 써 달라는 부탁을 하였을 때, 사실 상당히 놀랐다. 김 기자가 평소 청소년을 대상으로 하는 인문학 연구와 독서토론 등 활발한 활동을 하고 있는 줄은 알고 있었지만, 논어가 제시하는 인생살이의 이치를 이토록 현대적 시각에서 화려하게 전개하고 변주해 내리라고는 생각하지 못했기 때문이다.

논어는 동양사상의 호수요 대하(大河)다. 시경, 서경, 주역이라는 동양 고대문물이 문헌으로 전해 왔지만, 현실세계의 실제상황에서 어떻게 판단하고 행동하는 것이 최선인가 하는 문제는 또 다른 차원이다. 공자는 당대의 여러 문제들을 풀어가는 방법을 몸으로 보여주었고 말로써 가르쳤다. 대개 질문에 대한 답변으로 이루어진 그 가르침은 수양, 정치, 외교, 교육, 도덕, 시, 음악, 예절, 역사, 처세, 문물제도, 인물, 우정, 행복 등 인생 전반의 광범위한 영역에 걸쳐있다.

논어에서 읽는 공자와 총명한 제자들과의 문답은 보석같이 빛나는 지혜로 가득하다. 때문에 우리는 논어를 통하여 마음의 평화도, 인생의 목표도, 공부의 지침도, 정치의 요체도, 대인관계의 요령도 모두 터득할 수 있다. 그리고 비록 대단히 어려운 일이기는 하지만, 잘만 한다면, 복잡다단한 현대사회에서 슬

기로우면서도 인간의 도리를 지키는 삶의 요령을 찾아낼 수도 있다.

그런데 이번 김광원 기자가 강호에 제공하는 논어의 해석이야말로, 논어의 고전적 긍지를 지키면서도 현대 한국 사회에 들어맞게 화려하게 풀어나간 명작이다. '공부'를 주제로 실감나는 동서고금의 실화와 사례를 들어가며 청소년들에게 꿈과 자신감을 선사한다.

글의 서술이 참으로 재미있고 생동감 넘치기에, 한 번 책을 잡으면 그대로 독파해야 할 정도다. 이는 저자가 다년간 체험하고 연구한 과실을 이 책에 고스란히 담았기 때문이리라. 저자는 생태·인문 독서 모임 '시루떡' 대표 강사로 활동하고 있으며, 9년째 지인들에게 일주일에 네 편씩 역사·인문과 관련된 독서편지를 보내고 있다. 그리고 이 독서편지를 바탕으로 우리 가요를 인문학적으로 풀어 쓴 〈가요 따라가요〉(공저) 등을 펴냈다.

저자는 10년째 기자로 활동하면서 전교 1등 100명, 아이비리그 학생 20여 명을 그 부모와 함께 심층 취재하고 그 내용을 나름대로 정리하여 책을 집필하였다고 고백한다. 꿈과 낭만을 길러야 할 청소년기에 공부를 잘하면서도 멋있는 인생을 설계할 수 있도록 이 책이 전국 독서 가족의 사랑을 듬뿍 받기를 바라면서, 서슴없이 추천의 글을 올린다.

2015년 8월

한국국학진흥원 부원장 **윤용섭**

추천의 글

김광원 기자의 공부 이야기

"서예가 무엇입니까?"

미리 인터뷰 약속을 하고 만난 사람이지만 갑작스럽게, 그것도 첫 질문으로 받은 것이라 40여 년간 서예를 해온 저마저 꽤나 당황스럽게 했습니다. 다짜고짜 본질을 파고들고자 했던 그는 바로 한국서화평생교육원 개원을 앞두고 만촌역 지하철 역사에 마련한 강의실로 찾아온 아주 잘생긴 청년, 한국일보의 김광원 기자였습니다.

그가 논어를 바탕으로 고전과 역사에서 다양한 사례를 발췌하여 아이들 교육을 위한 책을 낸다고 합니다. 몇 년에 걸쳐 자료를 모으고, 매일 저녁 졸음을 이겨내며 정성스럽게 글을 다듬었다고 합니다. 8월에 출간을 할 예정인데, 부디 추천의 글로써 출판될 책에 날개를 달아달라고 합니다. 좋은 책을 많은 사람들에게 소개하는 데 조금이라도 도움이 될 수 있을까 해서 제 자신의 불민함도 잊고 선뜻 그러마고 승낙하고 말았습니다.

돌이켜보면 저도 한동안은 늘 공자와 함께 살았습니다. 젊은 나이였지만 공자를 마음의 스승으로 모신 제 자신을 항상 자랑스럽게 생각했습니다. 천성적으로 게으른데다 밤늦게까지 일해야 하는 날이 많은 탓에 이른 아침에 일어나기가 참으로 어려운 시기였습니다. 그런 나의 아침을 매일 깨워주는 분은 바로 공자였습니다. 새벽이면 언제나 공자님 발길에 놀라 벌떡 일어나 까칠한 눈을 손으로 부비면서 바랜 종이에 까맣게 인쇄된 고전을 펴곤 했습니다. 공자로 인하여 나는 한문을 공부하게 되었고, 성현들의 말씀을 가슴속에 새기며 늘 실천적인 삶을 살고자 노력했습니다.

공자는 《논어》의 첫머리를 "배우고 때로 익히면 또한 즐겁지 아니한가!"(學而時習之 不亦悅乎)라는 말로 시작합니다. 이 말대로, 공자는 삶의 참된 즐거움을 배우고 익히는 데서 찾았습니다. 내가 만난 김광원 기자도 바로 그런 사람입니다. 새로운 지식을 알아가는 것으로 즐거움을 느끼고, 또한 스스로 익힘으로써 자신을 완성시켜 나가는 사람. 요즘 같은 세상에 보기 드문 젊은 학인(學人)입니다.

동양의 전통 지혜와 교육법을 담고 있는 이 책의 주제들은 옛 사람들이 우리에게 일러준 익숙한 것들입니다. '공부의 진정한 의미는 무엇인가' '왜 공부를 해야 하는가' '올바른 공부의 방법은 무엇인가' 하는 이런 물음들은 어떤 다른 대상이 아니라 스스로에게 묻고, 스스로 깨달아야 하는 것입니다. 진정한 앎과 공부란 자신의 삶 자체와 연결되어 있기 때문입니다.

모든 것의 출발은 아는 것으로부터 비롯됩니다. 대상에 대한 형식적 지식이 아니라 나의 진실된 면모를 알아가는 과정인 공부는 결국 우리의 삶을 충만하고 즐겁게 합니다. 그 기쁨 속에서 희망과 격려, 용기와 같은 통로가 열리게 되는 것입니다.

현실에 좌절하지 않고 새로운 미래를 열어나가기 위해서는 끊임없는 공부가 필요합니다. 공부란 어느 한순간에만 필요한 것이 아니라 생명이 남아있는 한 공기를 호흡하듯 지속적으로 이어져야 하는 것입니다. 보통 사람의 나이에 따른 변화를 보면, 꿈은 10대에 만들어지고, 의식은 20대 이후에 만들어지며, 분별력은 30~40대에 생기며, 지혜는 50이 되어야 생겨난다고 합니다. 그러나 이는 공부를 멀리하고 주어진 현실 앞에 무기력하게 주저앉은 사람들에게는 별로 의미가 없는 말이며, 쉼 없이 공부를 이어온 사람이라야 얻을 수 있는 삶의 경지일 것입니다.

공부는 알아가기 과정입니다. 그 과정을 열어주고 올바른 방향을 제시해주는 나침반을 김광원 기자는 고전을 통해 찾아내고 있습니다. 읽는 사람으로 하여금 방향을 잃지 않고 스스로의 앎을 찾아갈 수 있도록 자세한 안내를 제공합니다.

흔히 공자 학문의 핵심을 '인'(仁)이라고 합니다. 그리고 '인'의 구체적인 내용이자 밖으로 실현하는 지침을 '충서'(忠恕)라고 합니다. 여기서 '충'은 정성스럽고 진실한 마음가짐을 통하여 자신을 확충시켜 나가는 것을 말하고, 공자께서 평생 가슴에 새겨두고 실천해야 하는 덕목이라고 강조한 '서'는 다른 사람의 마음을 헤아려서 다른 사람의 입장에서 생각하고, 내가 하기 싫은 일을 남에게 시키지 않는다는 의미입니다.

　우리는 세상을 살아가면서 언제나 다른 사람들과의 관계 속에서 살아갑니다. 내가 없는 세상은 나의 세상으로 존재하지 않습니다. 또한 남이 없는 이 세상 역시 나의 세상으로 존재하지 않습니다. 공자 역시 《논어》에서 다른 사람들과의 관계에 대해 많은 언급을 하고 있습니다. 그중에서 가장 핵심적인 말은 "君子, 和而不同. 小人, 同而不和."라는 내용입니다. 여기서 '和'는 탄력적인 눈높이로 역동적인 인간관계를 맺어 다른 사람과 화합하면서도 결코 자신의 정체성을 잃어버리지 말아야 한다는 뜻이며, '同'이란 고정관념과 나쁜 습관에 얽매여 오직 자신의 이익에만 눈이 멀어 타인과 화합하지 못하고 맹목적으로 패거리를 지어 싸운다는 뜻입니다. 자기 자신의 참된 본질을 알고 그것을 실현해나가는 사람은 어떤 상황에서도 흔들리지 않으며, 합리적으로 다른 사람들과 조화로운 세상을 만들어갈 수 있습니다.

　김광원 기자는 이런 공자의 가르침을 마음으로 새기고 몸으로 실천하는 사람입니다. 많은 사람들이 그가 펴낸 공부법 위에 올라 그의 진솔한 마음과 만나보게 되기를 바랍니다.

2015년 8월 가을이 다가오는 명제헌(明齊軒)에서
서예가, 한국서화평생교육원 원장 **사공홍주**

들어가면서

《논어》는 학교다

  흔히 말한다. 공부보다 인성이 중요하다고. 주변에 아이를 키우는 이들에게 늘 그렇게 말했다. 그러나 어느 순간 다시 깨달았다. '현실'도 무시할 수 없다는 것을.

  인성만 좋아선 이 사회에서 살아남을 수 없다. 인성이 엉망인 아이들이 결국 사회에 해악을 끼치는 것만큼이나 명백한 사실이다.

  둘 다를 충족시킬 교육법은 없을까? 인성과 지성을 동시에 쌓는 이상적인 교육법.

  고민의 결과 '고전 탐구'란 답이 나왔다. 그중에서 《논어》를 골랐다. 가장 가까이 있는 책이기도 하고, '언뜻' 너무도 쉽게 다가오기 때문이다.

  공자를 비롯해 《논어》에 이름을 남긴 사람들은 인류 역사상 거의 맨 처음 나름의 학문적 성과를 내고 업적을 남긴 인물들이다. 그들의 지적 탐구와 훈련은 이후 3,000년이 넘는 세월 동안 동양인들의 인성과 지성 모두에 깊은 영향을 미쳤다. 《논어》에 공부의 정수가 담겨 있을 수밖에 없다.

  거의 매일 《논어》를 펼쳤다. 완벽하지는 않지만 그간 공부한 결과를 주석처럼 묶었다. 공부의 기초에서 교우 관계, 인성 교육에 이르기까지 모든 부분을 골고루 담으려고 노력했다. 전교 1등과 아이비리그 학생들 이야기는 양념처럼 뿌렸다. 중학교 자녀를 둔 학부모들을 염두에 두고 글을 썼다. 그때가 정신과 몸의 소용돌이가 가장 격심한 시절이니까.

《논어》는 역사상 가장 오래된, 그리고 그 어떤 교육기관보다 훌륭한 학교다. 다양한 나이와 배경의 학생들이 모여 울고 웃으면서 학문과 인격을 수양한 이들은 후학에 후학을 길러 2,000년 중국 역사를 지배했다. 이런 학교에서 학문과 학교생활, 교우관계와 인성의 비결을 배우는 것은 가장 확실한 교육법을 터득하는 것이나 다름없을 것이다.

인성과 학력 사이에서 고민하는 이들에게 도움이 되길 소망한다.

2015년 8월

김 광 원

논어

하나

논어

공부의
기초를 말하다

上言與原情俱是告
不得尊號之加隆也
序仍其舊若所紀年之君文字而
所改賞校随類從古言之而
下之民刑亦人志

予乃官不設
是如以親年將歪理於
內則若以莫敢誰何之
乞則世豈有保其塤墓之人而
天地父毋嗄令道臣
代父
天恩家宗

나에게 꼭 맞는
학습법을 찾는 비결

"不曰: '如之何, 如之何'者, 吾末如之何也已矣."
"어찌할까, 어찌할까라고 말하지 않는 사람은 나도 어찌할 수 없다."
– 〈위령공16〉

선생님, 저 머리 깎고 절에 들어갈래요

"공부 잘하는 비결이 없을까요?"

공부를 시작하는 학생들의 공통적인 질문이다. 건성으로 던지는 질문이 아니라면 대답을 해줄 수 있다. 분명 '비결이 있다. 다만 찾는 것이 간단하지가 않다.

어느 고등학교에서 있었던 일이다. 한 학생이 상담 선생님을 찾아왔다. 그는 긴 한숨을 내쉬며 이렇게 말했다.

"선생님, 저 머리 깎고 절에 들어가겠습니다. 아무리 공부해도 안 됩니다. 공부 잘하는 아이들은 무언가 비결이 있는 것 같은데, 도무지 그걸 모르겠어요!"

이 친구는 뒤늦게 공부를 시작했다. 고등학교 2학년 때 처음으로 성적을 올리겠다는 의지를 가졌다. 스타팅이 늦었던 터라 모든 것이 어렵고 힘들었을 것이다. 제자의 말을 가만히 듣고만 있던 상담 선생님이 조심스럽게 물었다.

"그래 공부 시작한 지 얼마나 됐지?"

학생은 머릿속으로 날짜를 가만히 헤아리다 이렇게 대답했다.

"대략 2주쯤 된 것 같아요."

그러자 상담 선생님은 이렇게 말했다.

제가 2주 안에
사과 나무 묘목에
사과가 열리도록 해보죠.
그까잇 거⋯.

← 농사 천재
스티브 얍스

"아인슈타인도 2주 공부해서는 성적 못 올린단다. 넌 머리가 나쁜 게 아냐. 지극히 정상이다."

그런 뒤 선생님은 교육 전문가답게 아주 의미심장한 조언을 덧붙였다.

"그리고 조금만 더 열심히 하면 비결이 보일 거다. 지금은 그걸 실험하는 단계라고 보면 돼. 언제 가장 집중이 잘 되는지, 어떤 환경이 공부하기에 제일 좋은지 끊임없이 테스트해보고 좋은 걸 적용시켜봐라. 공부 잘하는 비결이 하나씩 보일 거다. 너한테 딱 맞는 공부법을 찾으면 그때 우등생이 되는 길목에 들어섰다고 확신해도 좋다."

아이비리그 9개 대학 동시 합격 "난 그런 식으로 공부 못해!"

'유명한 학생들' 가운데 학습법이 극단적으로 다른 두 가지 경우를 들라면, 서울대 항공우주공학과에서 박사학위를 딴 뒤 2년 만에 사법고시에 합격한 최규호 변호사와 몇 해 전 아이비리그 9개 대학에 동시에 합격했고 〈USA투데이〉가 뽑은 '올해의 고교생 20명'에 선정된 이형진 군이 적절할 것 같다.

최규호 변호사의 학습법은 수도승의 수련법 같다. 그는 거의 하루 종일, 잠들기 직전까지 책을 펼쳐 공부를 했다고 고백했다. 그렇게 하다 보면 합격의 느낌이 온다고. 장시간 공부에 몰입하고 있으면 어느 순간 머리부터 발끝까지 어떤 신비로운 기운이 몸을 감싸는 느낌이 든다는 것이다. 그것을 경험했다면 어떤 시험을 준비하고 있든 합격을 확신해도 좋다고 했다. 말하자면, 도를 닦듯이 공부에 전념하는 스타일이었다.

하지만 이형진 군이 최 변호사의 이야기를 듣는다면 당장 이렇게 말할 것이다.

"만약 나에게 한 곳에서만 10시간씩 앉아서 공부하라고 했다면? 으악! 아마 죽어도 그렇게는 못했을 것 같다. 꽉 막힌 공간에 갇혀 엉덩이에 땀띠 나도록 앉아 있어야 하는 건, 너무 가혹한 일 아닌가?"
-《공부는 내 인생에 대한 예의다》중에서

그는 방과 후 집에 돌아와 잠시 공부하다가 친구 집에서 숙제를 하고, 테니스 연습을 한 뒤에 다시 책상에 앉는 식으로 장소와 분야 등을 바꾸어가며 공부에 파고들었다. 이렇게 하는 것이 자신만의 스타일로 집중력을 유지하는 데 도움이 된다고 했다.

이렇듯 두 사람의 학습법은 사뭇 다르다. 최규호 변호사나 이형진 군 모두 나름의 학습법을 정리해 책으로 내놓았고, 그들의 학습법을 따르는 '제자들이 수두룩한 공부 고수들이다.

둘에게 공통점이 있다면 열심히 한다는 것뿐이다. 물론 동서양의 차이도 있다. 하지만, 두 사람 모두 놀라운 지적인 성과를 이루었다. 이 방법이든 저 방법이든 게으른 사람들은 '죽었다 깨어나도' 따를 수 없는 비법이다.

제자를 가르치며 '어찌할까?' 고민했을 공자

요컨대, 공부 비결은 사람마다 다르다.

사람에 따라 변하는 학습법은 '논어 학교'에서도 상식이었다. 공자는 제자들에게 '어찌할까?'라는 질문을 수시로 하라고 가르쳤고, 자신의 교수법에서도 그대로 적용했다. 이를테면, 그는 학생들을 똑같은 방식으로 가르치지 않았다. 한 명 한 명 개인교습을 하듯, 제자의 특성에 맞춰 가르치려고 노력했다.

예를 들어보자. 공자의 제자 중에 자로와 염유가 있었다. 자로는 제자 가운데 가장 불같은 성격을 가진 인물이었다. 좋게 말하면 행동하는 지성이었지만((공야장14)), 과할 때가 많았다. 한번은 스승 공자가 위령공의 애첩인 남자(南子)를 만나자 그는 감히 스승에게 싫은 얼굴을 했다. 혹자는 스승을 의심했다고도 본다. 행실이 안 좋기로 소문난 여자였기 때문이다. 그에 반해 염유는 재능과 능력((옹야8))을 갖추었지만 현실감각이 지나친 측면이 있었고((선진17)), 소심했다.

두 사람과 관련된 일화가 《논어》에 남아 있다. 무슨 일이었는지 모르겠지만 두 사람이 똑같은 질문을 던졌다.

"(어떤 이치를 알게 되었다면) 바로 행동해야 합니까?"

공자는 두 제자에게 각각 다른 답을 주었다. 자로에게는 "부형이 계신데 바로 행동하면 어떡하겠는가"라고 했고, 염유에게는 "즉시 행동하라" 하고 시원하게 대답했다.

옆에서 이 모습을 모두 지켜본 공서화라는 제자가 동일한 질문에 왜 다른 답을 주었는지 여쭈었다. 공자는 말했다.

"求也退, 故進之; 由也兼人, 故進之."

"염유는 물러서는 버릇이 있어 (고무시켜) 나아가게 했고, 자로는 행동이 지나치기 때문에 물러나게 한 것이다."

- ⟨선진21⟩

'논어 학교' 신입반의 급훈은 '어찌할까'였을지도 모른다. 선생님도 제자도 가장 어울리는 교수법과 학습법을 찾으려고 끊임없이 '어찌할까' 하는 화두를 염두에 두고 있지 않았을까? 공부의 능률은 학습법에 대한 고민과 실험이 어느 정도 성과를 보는 시점부터 오르기 시작한다. 공자는 그런 면에서 학습 지도를 가장 잘했던 교사였고, 제자들은 가장 훌륭한 학생이었다.

그러므로 공부를 시작하려는 '학생'은, 그것이 학교 공부든 교양 공부든 인생 공부든 간에 제일 먼저 '어찌할까?' 하는 질문을 던져야 한다. 혹은 적어도 나도 모르게 '어찌할까?' 하는 말이 나올 만큼 열심을 내야 한다. 그것이 진짜 공부의 첫걸음이다.

진심으로 '어찌할까?' 하는 질문을 던지면 그 다음은 어떻게 될까? 맹자에 따르면 스승이 나타날 것이다. 나에게 가장 적합한 학습법 혹은 꼭 필요한 공부를 일러주는 선생님.

"그대가 돌아가 구하려고만 하면 스승은 얼마든지 있을 것이다."
- 《맹자》〈고자 하2〉

학생의 운명을 바꾸는
논어 학습법

"性相近也, 習相遠也."
"타고난 본성은 서로 비슷하지만 습관 때문에 서로 달라진다."
– 〈양화2〉

비행기를 추락시킬 뻔한 승객 주머니 속의 동전

이제 '어찌할까?'라는 질문에 대한 답을 어느 정도 찾은 학생들이 반드시 알아야 할 것은 무엇일까? 나에게 적용할 적절한 비법을 발견했다면 그 다음 단계로 들어서야 한다. 본격적인 강의에 앞서, 그와 관련한 재미있는 일화 하나를 소개한다.

뮌헨의 프란츠 요제프 슈트라우스 공항에서 있었던 일이다. 어떤 행사에 다녀온 한 무리의 승객들이 727제트비행기 한 대에 모두 올라탔다.

기장은 여느 날과 다름없이 이륙을 시도했다. 날씨, 기압, 비행기의 무게, 모두 정상이었다. 이제 시동을 걸고 일정 시간 활주로를 달리면서 스피드를 높인 뒤, 조종 스틱을 뒤로 잡아당겨 하늘로 떠오르기만 하면 된다. 그런데 스틱을 당겼는데도 비행기 동체는 뜨지 않았다. 사실 이륙 지점에 도달한 시간도 평소보다 늦었다. 기장과 부기장은 얼굴이 하얗게 질렸다. 하지만 승객들은 이 위급한 상황을 전혀 눈치 채지 못했다. 조금 전 행사에서 보고 들은 것들을 화제로 대화를 나누느라 여념이 없었다.

다행히 비행기는 활주로 끝을 겨우 몇 미터 남기고 고개를 치켜들었다. 2초만 늦었더라면 비행기는 산산조각이 날 수도 있었다.

원인은 무엇이었을까? 해답은 승객들의 주머니에 있었다. 그들은 세계 최대의 동전 수집가 축제인 '누미스마타'에 참가하고 오는 길이었다. 그리고 축제에서 산 희귀 동전들을 주머니나 가방에 넣은 채 비행기에 올랐다. 727기가 추락할 위기에 처했던 것은 그 동전들 때문이었다. 주머니 속에 들어있던 동전들의 무게가 이륙을 하기 힘들 정도로 비행기를 짓누른 것이다.

평생 공부하는 습관을 멈추지 않은 사람, 공자

작은 습관이 모여 결국 큰 열매를 맺는다. 승객들의 주머니 속에 한줌씩 들어있던 동전들이 비행기를 주저앉힐 뻔했던 것처럼, 우리가 하루하루 조금씩 쌓은 습관의 동전들도 우리의 삶을 변화시킬 것이다.

태산은 한줌의 흙도 버리지 않고, 강과 바다는 작은 물줄기라도 가리지 않는다고 했다. 만일 태산이 흙을 버리기 시작하고, 바다가 물을 거부한다면 결코 산과 바다가 되지 못할 것이다. 이렇게 작은 노력이 모이고 모이면 그렇게 큰 힘을 발휘한다.

'논어 학교'의 교장선생님인 공자는 태산이 꾸준히 흙을 모으고 물을 담듯 변함없는 '습관' 덕분에 성인이 되었다. 공자 스스로 한 말이 아니라 뛰어난 열 명의 제자 즉, '공문십철'(孔門十哲) 가운데 한 명인 자공(子貢)이 한 말이다.

子貢問於孔子曰, "夫子聖矣乎!"
孔子曰, "聖則吾不能, 我學不厭而教不倦也."
子貢曰, "學不厭, 智也, 教不卷, 仁也. 仁且智, 夫子旣聖矣!"
자공이 공자께 "선생님은 성인이십니다"라고 말했다.
공자는 그 말에 "성인의 경지는 내가 넘볼 수 없으며, 나는 단지 배우기를 싫어하지 않고 가르치기를 게을리 하지 않는 사람일 뿐이다"라고 했다.
자공이 말했다.
"배우기를 싫어하지 않는 것이 지혜이고, 가르치기를 게을리하지 않는 것이 어짊입니다. 어질고 또 지혜로우시니 선생님은 이미 성인이십니다."
-《맹자》〈공손추 상2〉

요컨대, 어질고 지혜롭다면 성인이라는 것이었다. 공자는 '독한' 제자 덕에 꼼짝없이 살아서 '성인'이라는 이름표를 달았다. 〈술이편〉에는 "바로 그 점이 저희가 배울 수 없는 점입니다" 하는 제자의 고백이 담겨있다.

자공이 언급한 꾸준히 배우고 가르치는 것은 곧 공부를 습관화했다는 이야기다. 공자는 공부에 습관을 들이고 평생 그 습관을 멈추지 않은 사람이었다. 습관은 성인이 되는 비결이기도 하다. 하물며 학교 성적이나 여타 공부는 더 말해 무엇 할까.

끈질기게 공부하는 것이 '논어 학교'의 학습법

습관과 짝을 지을 만한 덕성은 꾸준함 혹은 끈기다. 이는 좋은 습관을 유지하는 데 반드시 필요하다. 나쁜 습관은 저절로 뿌리를 내리고 가지를

뻗지만 좋은 습관은 애를 써서 지키지 않으면 어느새 사라지고 만다. 나폴레옹은 "성격의 씨앗을 뿌리면 운명의 열매가 맺힌다"고 했는데, 그가 말한 성격 속에는 끈기와 근성도 포함되어 있다. 고작 한때의 습관이 운명을 가르는 예는 없다.

공자만큼 '꾸준함'에 주목한 사람은 주자였다. 주자는 중국뿐 아니라 동양에서 가장 공부를 잘한 사람 가운데 한 명이었다.

그는 서예에 관한 특강을 하면서 자신의 학습법을 은연중에 드러냈다.

"한결같음이 글씨 쓰는 가운데 있어야 한다. 점과 획에 방심을 하게 되면 글씨가 거칠게 되고, 예쁘게 쓰고자 하면 글씨가 균형을 잃는다."

주자의 뛰어난 점이 저 한마디 속에 담겨있다. 보통 사람과 뛰어난 사람의 차이는 대부분 저 한결같음에 있다.

열정만 믿고 공부하면 곤란하다. 열정은 얼마 안 가 사그라지기 때문이다. 그보다는 습관이 훨씬 오래가고 결국 열매를 맺는다. 열정의 크기보다 한결같음이 더 중요한 것이다. 요컨대 꾸준하게, 끈질기게 공부하는 것이 '논어 학교'의 최고 학습법이다.

"驥不稱其力, 稱其德也."
"천리마는, 그 기력을 칭찬한 것이 아니라 품성을 칭찬한 것이다."
- 〈헌문33〉

'끈기'가 재능을 이긴다

    평생 변함없는 삶의 태도를 견지하는 것은 참으로 중요하다. 우리의 삶이란 롤러코스터 같아서 요동을 치기 마련이기 때문이다. 이럴 때 좋은 습관을 끈질기게 유지한다면 원래의 좋은 자리로 되돌아올 수 있다.

    몇 해 전 미국 유력 일간지인 〈시카고 트리뷴〉의 칼럼에 한국인 한 명이 소개됐다. 칼럼니스트가 '집념과 끈기의 귀감'이라고 밝힌 그 한국인은 바로 차사순(69) 할머니였다. 운전면허시험에 960번이나 도전한 끝에 합격한 우리네 시골 할머니. 칼럼에서는 늦은 나이에도 포기하지 않고 도전한 차 할머니를 클린턴 전 대통령과 《해리포터》의 작가 J. K. 롤링보다 더 부각시켜 놓았다.

    그런 예들은 무수히 많다.

    '경영학의 아버지' 피터 드러커(Peter Ferdinand Drucker, 1909~2005)는 한때 '무능력한 젊은이'였다. 그는 젊은 시절 기자로 취직했다가 3주 만에 해고를 당했다. 혹독한 경험을 한 드러커는 '내가 잘할 수 있는 일을 하자'

는 생각으로 학위를 딴 뒤 대학에서 강의를 했다. 몇 십 년 뒤 '무능력한 수습기자'는 전 세계에서 가장 큰 영향력을 가진 경제학자로 성장했다. 만일 신문사에서 쫓겨나지 않았다면 그는 그저 그런 기자로 생을 마감했을지도 모른다. 혹독한 체험 덕분에 그는 꾸준히 공부를 했다. 그리고 그가 역사에 이름을 남길 수 있었던 것은 타고난 머리나 능력이 아니라 꾸준한 노력 덕분이었다. 그가 얼마나 무능했던가는 이미 젊은 시절 증명이 되지 않았던가. 요컨대 '머리'보다 '끈기'다.

역경과 나이를 동시에 극복한 사람들의 이야기는 더욱 감동적이다. KFC 창업자 커넬 할랜드 샌더스(Colonel Harland Sanders, 1890~1989)의 이야기다. 그는 여섯 살 때 아버지를 잃고, 열 살 때부터 직업전선에 뛰어들었다. 변호사, 보험맨, 타이어 영업, 페리보트 사업 등을 전전한 끝에 주유소 대리점을 하면서 조금 안정을 얻었지만 마흔아홉 살 때 자신의 전 재산을 털어넣은 레스토랑에 화재가 나는 바람에 빈털터리가 됐다.

어렵사리 재기에 성공한 그는 한동안 잘나가다 60대에 다시 위기를 맞았다. 전국적인 도로정비 사업으로 그의 식당 주변에 신작로가 생기면서 가게 매출이 뚝 떨어진 것이다. 그는 이미 백발 노인이었지만 좌절하지 않고 자기가 개발한 프라이드치킨을 들고 전국의 식당을 찾아다녔다. 공손하면서도 열정적인 태도로 치킨 조리법과 양념을 제공하겠다는 제안을 했지만, 정확히 1,008곳의 식당이 '늙은이'를 문전박대했다. 마침내 첫 계약을 따낸 것은 1,009번째 식당에서였다. 'KFC'라는 세계적인 치킨 체인점은 그렇게 시작되었다.

"苗而不秀者 有矣夫 秀而不實者 有矣夫."

"싹이 텄어도 꽃을 못 피우기도 하고, 꽃이 피었어도 열매를 맺지 못하는 것도 있다."

- 〈자한22〉

아무리 훌륭한 씨앗도 때를 기다릴 줄 모르면 결국 열매를 맺지 못한다. 좋은 습관이 마침내 해피엔딩을 가져다줄 것이란 확신으로 기다릴 줄도 알아야 한다.

누구를 위해
공부하는가

"古之學者爲己, 今之學者爲人."
"옛사람들은 진정한 자아를 위해 공부했는데, 지금은 (명예를 좇아) 남을 위해
공부한다."
- 〈헌문24〉

"다 너 잘 되라고 공부하라는 거야."

부모님이나 선생님에게 종종 듣는 말이다. 이 말을 하는 사람은 말 속에 담긴 '진심'을 이해하고 자기 앞날을 위해서라도 공부하길 바라는 마음이 간절할 것이다. 그러나 학생들은 의외로 이런 말에 거의 반응하지 않는다.

사람은 생각보다 이타적인 존재다

윤리학자 애덤 스미스는 인간이 이기적이긴 해도 동시에 상당히 도덕적이라고 믿었다. 아이들이 이기적인 목표를 제시하는 부모나 어른에게 반응하지 않는 이유다. 그는 《도덕 감정론》에서 이렇게 말했다.

"인간이 아무리 이기적인 존재라 하더라도 인간의 본성에는 이와 상반되는 몇 가지 원칙이 분명히 존재한다. 바로 이 원칙 때문에 바라보는 즐거움 외에는 자신이 얻는 것이 없다고 해도 타인의 운명에 관심을 두고 타인이 행복해지기를 바란다."

- 《도덕 감정론》 1부, 1편

몇 해 전 '정의론' 열풍을 몰고 온 마이클 샌델은 어느 경제학자가 제시한 사례를 들어 '타인이 행복해지기를 바라는' 일반적인 심리를 설명했다. 그것은 미국퇴직자협회 임원들이 실제 경험한 일이었다.

그들은 변호사들에게 두 가지 질문을 던졌다. 하나는 "가난한 퇴직자들에게 할인된 비용으로 법률 서비스를 제공할 수 있는가?"였다. 이 제의를 받아들인 변호사들은 없었다. 이번에는 질문을 바꿨다. "가난한 퇴직자들에게 무료로 법률 조언을 해줄 수 있는가?" 이번에는 변호사들 대부분이 "그렇게 하겠다"는 반응을 보였다. 그들이 두 번째 제의에 마음을 연 이유는 첫 번째가 시장 거래의 원리에 바탕을 둔 '흥정'이었던 반면 후자는 자선에 대한 요구였기 때문이다. 사람들은 생각보다 이타적인 존재다.

아이들도 마찬가지다. 청소년기는 사회성이 한창 발달하는 시기다. 친구도 사귀고 의리나 우정, 사랑 같은 고차원적인 관념과 정서에 접근해간다. 이런 시기에 마치 떼쓰는 어린아이를 다루듯 "다 너 잘 되라고 그러는 거야" 하면서 공부를 강요한다면, 아이들은 결코 마음속으로 수긍하지 않을 것이다. 오히려 공부를 통해 자기를 발전시키는 것이 친구를 비롯한 우리

사회에 유익한 인간이 되는 지름길이라는 설명을 해준다면 아이들은 곧장 책상으로 달려갈 것이다. 더불어 교과서만 파고드는 피상적인 공부를 해왔던 아이들도 더욱 높은 차원의 공부를 시작할 것이다.

더욱 높은 차원의 공부란 주어지는 대로 무조건 따라가는 공부가 아니라 '왜 공부를 해야 하는가?' '행복은 무엇인가?' '내가 진정으로 원하는 삶은 무엇일까?'처럼 사춘기에 꼭 필요한 질문들에 대한 답을 찾는 공부다.

'기술'만 익힌 아이들에겐 행복이 없다

언제부턴가 우리는 '목적이 이끄는 공부'에 치중해왔다. 상장이나 졸업장 혹은 입사시험 합격 같은 뚜렷한 목표를 위해 내달려왔다.

과거에도 마찬가지였다. 조선시대에도 오로지 과거시험만을 위해 책을 펼친 하류 선비들이 있었고, 구한말에도 출세에만 혈안이 된 이들이 적지 않았다.

배재학당을 설립한 선교사 아펜젤러(Henry Gerhard Appenzeller, 1858~1902)는 "한인들의 영어 교육열은 대단하다. 왜 영어 공부를 하느냐고 물어보면 대부분 '벼슬을 하련다' 하고 대답할 것"이라고 말했다. 이처럼 배재학당은 '영어는 곧 출세'라는 공식에 힘입어 학생을 그러모았다. 영어 열풍은 심지어 감옥에까지 불어닥쳤다. 당시 고종 황제 폐위 음모에 가담했다 투옥된 이승만이 옥중에서 영어를 가르친 것이었다.

이처럼 영어는 소통의 도구가 아닌 '출세의 방도'로 이 땅에 들어온 전과 때문인지 요즘도 권력이나 금력의 상징으로 여겨진다. 영어를 비롯해 '기술' 교육이 주가 된 지 오래다.

기술만 익힌 아이들은 이런저런 상황을 오판할 가능성이 높다. 우리나라에서 소위 '품행이 방정하고 성적이 우수한' 학생들의 진로는 너무 뻔하다. 이과 1등은 물론 과학고 등의 특수목적고로 진학한 학생들도 어떻게든 의대에 진학하려고 애를 쓴다. 사람의 개성이 저마다 다른데 공부 잘하는 아이들 대부분이 의대를 지망하는 것은 뭔가 비정상적이다.

우리는 늘 왜 공부하는가에 대한 고민을 해야 한다. 직업이란 행복을 얻고 보람찬 인생을 살아가기 위한 첫걸음이다. 그런 고민이 없는 상태라면, 설사 사회 지도층이 된다 하더라도 본인에게는 별 의미가 없을 것이다.

오로지 성적만을 위해 공부하고 경쟁에서 이기는 것을 목적으로 한다면, '배움'에서 전혀 행복을 얻지 못하는 인생이 될 것이다. 적절한 예가 될지 모르겠지만,《백 년 동안의 고독》에 등장하는 장군이 그러한 인물들 중의 하나다.

그는 평생 혁명을 위해 살았다. 불타는 사랑을 하고 이상을 실현하기 위

해 목숨을 걸었다. 그러나 40년 동안 서른두 차례나 전쟁을 치른 장군은, 나이가 든 뒤 집안에 틀어박혀 물고기 모형을 만드는 데 몰두한다. 이처럼 기이한 장군의 삶을 꿰뚫어본 사람은 어머니 우르슬라였다.

"우르슬라는 이제까지 자기가 생각했던 대로 아우렐리아노 부엔디아 대령이 전쟁에 시달린 탓에 마음이 굳어 집안 식구들에 대한 사랑을 잃어버린 것이 아니라, 그의 아내였던 레메디오스를 포함해 전쟁통에 하룻밤을 지낸 여자들, 그의 아들들까지 그 어느 누구도 결코 사랑한 적이 없다는 사실을 깨달았다. 그리고 그가 어떤 이상주의를 추구하기 위하여 그토록 오랫동안 여러 전쟁을 치렀거나, 전쟁에 지쳐서 최후의 승리를 포기한 것이 아니라, 싸움에서 이기거나 진 모든 이유는 단 하나, 순수하면서도 죄악이나 마찬가지인 자존심 때문이었음을 깨닫게 되었다."

그저 자존심을 위해 전교1등에 목매는 아이들이 얼마나 많은지 모른다. 공부를 왜 하는지에 대한 생각도 없고, 새로운 것을 알아가는 기쁨에도 무감하다. '배움에 뜻을 두고, 자아를 확립하는'((위정4)) 데 대한 의식 없이 무작정 외우고 푸는 '기술'을 연마하는 데만 몰두하다 보면 결국 공부의 길은 '삼천포'로 빠지고 말 것이다.

사람을 평가하는 맹자의 기준
옛사람들은 진짜 공부를 한 사람과 '겉 공부'만 한 사람을 뚜렷하게 구별

했다. 물론, 현실에서는 애매한 경우가 많을 테지만 개념적으로는 선이 명확했다.

공자는 '두루 통하는 것(達)'과 '명성이 자자한 것(聞)'의 차이를 설명한 적이 있다. 공통점은 이름이 널리 알려지는 것이고, 차이점은 "명성은 인(仁)을 가장하지만 행동은 전혀 그렇지 않은 것"인 반면, "달은 소박하고 정직하며, 의로운 것을 좋아하는 것"(〈안연 20〉)이라고 했다.

맹자도 표현은 다르지만 같은 이야기를 했다.

한번은 왕이 맹자를 불렀다. 그러나 맹자는 냉큼 나아가지 않았다. 이를 두고 어느 신하가 "예의가 없다"고 따졌다. 그때 맹자는 "왕도 앉아서 부를 수 없는 신하가 있다. 그런 신하에게는 왕이 직접 가야 한다"고 주장하면서 이런 논리를 폈다.

> "天下有達尊三, 爵一, 齒一, 德一, 朝廷莫如爵, 鄕黨莫如齒, 輔世長民莫如德"
> "천하에 존귀한 것이 세 가지가 있다. 작위, 나이, 그리고 덕이다. 조정에서는 작위가 제일 중요하고, 마을에서는 나이, 세상을 돕고 백성을 이롭게 하는 데는 덕이 핵심이다."
> - 《맹자》〈공손추 하2〉

덕은 군자의 정신적인 덕목이다. 정신을 바로 잡지 않으면 아무리 지위가 높다 해도 속으로 무시하는 사람들에 둘러싸일 것이다. 높은 자리에 있으면서 '도둑놈' 소리를 듣는 사람들이 하도 많아서 굳이 특정한 예를 들지 않아도 될 듯하다.

"일단 공부해서 좋은 대학에 간 다음 내 삶을 고민하자"고 하면 이미 때가 늦은 것이다. 공부와 삶을 분리시키지 말라. 명예만을 좇아 공부한 이들은 허명을 좇은 이들이다. 더 나쁘게 말하면 사이비다.(《맹자》〈진심 하37〉) 예의만 차릴 줄 알지 공경할 줄은 모르는 사람, 성적 높이는 데만 몰두했지 학문의 기쁨이나 자아를 확립하는 데는 무심한 이들의 운명이 그렇다.

똑똑한 바보는 창조적인 생각을 하지 못한다

인간과 기계의 차이는?《피로 사회》는 그 차이를 '머뭇거리는 능력'이라고 말한다. 기계는 결코 머뭇거리지 않는다. 컴퓨터는 엄청난 연산능력으로 어마어마한 업무를 수행하지만 잠시 멈추고 창조적인 생각을 하지는 않는다. 똑똑한 바보인 것이다. 문제는 언제부턴가 인간도 머뭇거릴 줄 모르게 되었다는 점이다.

《피로 사회》는 현대사회에서 개인이 '자폐적 성과기계'로 전락했다고 진단한다. 아무도 머뭇거리거나 돌이켜 생각하지 않고 무조건 앞으로 간다는 것이다. 누가 시켜서도 아니다. 스스로를 몰아붙인다. 현대인은 '자기 자신에게 가해자인 동시에 피해자'다.

한국 학생들은 더한 것 같다. 《피로 사회》에서 병적인 현상으로 지적한 '계속 생각해나가기'를 어린 시절부터 훈련받는다. 이를테면 머뭇거리거나, 돌이켜 생각하거나, 이건 아니다 싶어도 분노하지 않고 시키는 대로 곧장 달려가기만 한다.

초등학교 때는 "중학교 대비해야지." 중학교 때는 "지금 공부 안 하면 고등학교 가서는 늦다." 고등학교 때는 "일단 대학 가서 생각하자." 대학에서는 "취직이 급하잖아." 하는 식이다. 삶에 대한 가치관이나 정신의 문제는 언제나 뒤로 미루어진다. 모든 것에 적기가 있지만, '공부'라는 명분이 그것을 내려놓아도 괜찮은 상황을 만들어준다. '인간이라는 존재로서의 성숙'을 놓고 생각하면 입시 공부란 인간으로서의 임무를 방기하게 만드는 교육이나 다름없다. 시험이 사람 구실을 못하게 만드는 셈이다.

적확한 예는 아니지만 조선에서는 사람 구실 때문에 과감히 시험을 포기한 사건이 있었다. 숙종 43년(1717년) 8월에 열렸던 식년시 향시에서 벌어진 사건이었다. 그해 7월 19일 노론의 영수 이이명이 숙종과 독대해 민감한 얘기를 나누었다. 경상도 선비들은 과거시험을 포기하고 "그 내용이 국가의 근본을 흔드는 것"이라 하여 이이명을 목 베라고 상소를 올렸다. 아첨하는 신하를 꾸짖고 나라의 기강을 바로 세우는 것이 큰 의를 실천하는 것이라 믿고 강력하게 항의하는 의미에서 과거를 거부한 것이었다. "일단 시험부터 치고 나서" 하고 말했다간 몰매를 맞을 분위기였다.

물론 '인생에 단 한 번'이라는 수능에 비해 과거 시험은 비교적 여러 번 응시할 기회가 있다. 또한 그들의 주장이 과연 옳았는가, 하는 것도 따져볼 일이다. 그러나 시험보다 근본적인 문제를 거론하면서 돌이켜 생각하는 태도를 보여주었다는 점은 높이 살 만하다. '일단 시험부터 치고 나서' 인생 공부를 시작하는 요즘 학인들의 태도와는 사뭇 다르다.

팀플레이로 공부하면
효율도 높아진다

"德不孤, 必有隣."
"덕은 외롭지 않다. 반드시 이웃이 있다."
- 〈이인25〉

맹모삼천지교의 진짜 뜻은?

높은 교육열을 설명할 때 흔히 등장하는 고사가 '맹모삼천지교'다. 그러나 맹모의 이야기를 가만히 뜯어보면 우리가 뭔가 오해하고 있는 게 아닌가 하는 생각이 든다. 고사 속의 맹모는 교육열이 높고 적극적이지만 불도저 식으로 마구 밀어붙이진 않는다. 적극적이면서도 오히려 느긋한 구석이 있다. 맹자 어머니의 행동을 분석하는 데 가장 요긴한 단서를 제공하는 인물은 몽테뉴(Michel Eyquem de Montaigne, 1533~1592)다.

몽테뉴는 르네상스기를 대표하는 지식인 중의 한 명이었다. 당연히 책을 많이 읽었다. 그는 책을 너무도 사랑해서 "전쟁 때든 평화로울 때든 책 없이 여행한 적이 없다"고 고백했을 정도다. 여기까지 들으면 시도 때도 없이

45

책만 파고들었을 것 같지만, 실상은 조금 다르다. 몽테뉴는 이런 고백을 덧붙였다.

"여러 날 여러 달이 지나도록 책을 들여다보지 않을 때도 많다. 차차 읽게 되겠지, 이렇게 나 자신에게 말한다. 내일이나, 아니면 언제든 마음이 내킬 때……"

몽테뉴가 위대한 독서가가 된 것은 책을 가까이에 두는 습관 덕분이었다. 책을 들고 다니다 보면 읽게 돼 있고, 눈길 가는 곳에 좋은 구절을 써놓으면 읽기 마련이다. 스스로 환경을 조성한 것이다.

맹자 어머니도 주변 환경을 적극적으로 활용했다. 공부를 시키는 거나 분위기를 조성하는 거나 '그게 그거 아닌가?' 하고 생각할 수도 있겠지만,

사뭇 다르다. 요즘 어머니들은 "반드시 본전을 뽑고야 말겠다!"는 각오로 아이를 책상 앞에 붙들어놓거나 숨이 턱에 닿도록 학원으로 내몬다. 맹자 어머니처럼 자연스럽게 아이가 책을 펴들 때까지 기다리지 않는다.

적극적이되 느긋하게, 자연스럽게 공부하도록 만드는 것이 옛 현인들의 학습법이었다. 그중에서도 맹자 어머니가 활용한 학습법은 요즘 말로 하자면 '사회촉진자 효과'다.

퇴계 이황의 교육법 '사회촉진자 효과'

'사회촉진자 효과'는 다른 친구들과 어울려 공부하면 훨씬 더 열심히 하게 된다는 이론이다. 밥을 여럿이 같이 먹으면 더 맛있는 것과 같다. 똑같은 공부를 해도 집보다는 도서관이나 카페에 앉았을 때 확실히 집중이 더 잘 된다.

공부를 '팀플레이'로 하는 학생들도 많다. 이런 학생들은 당연히 공부 효율이 높다. 최근 미국 캘리포니아주립대학의 연구팀은 290명의 학생들을 관찰한 결과 활발하게 상호작용을 하며 공부하는 그룹의 성적이 훨씬 높은 것으로 나타났다고 밝혔다. 연구에 따르면 우수한 성적과 협동하는 학습방식 사이의 상관관계는 72퍼센트였다.

이와 관련해 재밌는 이야기가 있다. 세계적인 사회 비평가인 제레미 리프킨(Jeremy Rifkin, 1945~)이 《3차 산업혁명》에서 소개한 일화다.

1950년대 런던 대학병원에서 팀플레이의 우수성이 증명된 일이 있었다. 선배 의사 한 명이 학생을 한 명씩 동행해서 회진할 때보다 '미숙한' 의대생들끼리 몰려다니며 의견을 조율할 때 오히려 오진율이 낮았던 것이다. 이유는 간단했다. '하늘같은 선배'와 회진을 하면 그의 의견이 더 존중되고, 따르는 사람은 사고의 폭과 활동성이 좁아지기 마련이다. 즉 선배의 독단으로 흐를 가능성이 높아진다. 반면 조금이라도 의심스러운 점이 있으면 거리낌 없이 자기 의견을 개진하는 '미숙한' 의대생 무리는 찜찜한 구석을 말끔히 씻어냈고, 이것이 오진율을 낮추는 결과로 나타났다.

수평적 관계가 전제된 팀플레이는 이처럼 생각 이상의 훌륭한 결과를 낳는다. 하지만 우리나라의 경우, 교실에서는 이런 관계가 잘 형성되지 않는다. 학생들은 언제나 '선생님의 말씀'을 기다리고 있기 때문이다. 심지어 논란의 여지가 있는 내용도 '교과부'의 지침에 따라 정답을 선포하는 선생님을 따라야 점수를 얻을 수 있으므로 반론의 여지는 거의 제로에 가깝다. 아이들은 그저 흡수하는 데 열중할 뿐.

하지만 또래끼리 모여서 대화와 토론을 바탕으로 팀 공부를 할 수 있다면 아이들의 생각은 훨씬 더 뛰어난 수준까지 발달할 것이다. 런던 대학병원의 '풋내기' 의대생들처럼.

우리 역사 속에서 '팀플레이'를 가장 잘 활용한 학자를 꼽으라면 퇴계 이황을 들 수 있다. 그는 제자들에게 늘 함께 공부하기를 권했다. 자식과 조카들에게도 마찬가지였다. 한번은 제자 신언이 어느 절에서 공부하고 있다는 소식을 전해 듣고는 다른 절에서 공부하고 있던 아들을 신언이 있는 곳으로 보내기도 했다. '팀'을 짜준 것이다.

모르긴 하지만 '논어 학교'도 아마 함께 공부하는 분위기였을 듯하다. 제자들이 선생님께서 같은 질문을 듣고도 각자 다른 대답을 주시는 모습에 주목한 것에서도 알 수 있듯이 이들은 서로의 공부에 대해 무관심하지 않았다. 그들의 선생님까지 함께 어울려 스스럼없이 묻고 배우는 데 익숙했다. '세 사람이 길을 가면 그중에 반드시 스승이 있다'는 가르침도 그렇지만, 음악을 익힐 때도 사람들과 기꺼이 어울렸다.

"子與人歌而善, 必使反之, 而後和之."
"공자는 다른 사람과 노래를 부를 때 (상대가) 노래를 잘하면 다시 부르게 하고, 그 뒤에 답가를 불렀다."
- 〈술이32〉

《논어》 속의 공부[學]에는 다양한 의미가 담겨있는데, 특히 '태도'를 강조한 부분이 많다. 심지어 "집에 들어와 효도하고 밖에서는 어른에게 공손해야 하며, 신중하고 신의를 지키며, 널리 사람들을 사랑하되 어진 이들과 친하게 지내야 한다. 남은 힘이 있으면 글을 배운다"고까지 했다.(〈학이6〉)

이 가운데 '어진 이들과 친하게 지내야 한다'는 대목에 눈길이 간다.

'논어 학교'에는 우리나라 학생들처럼 독서실에 처박혀 혼자 공부하는 학생은 없었다고 봐야 한다. 만일 그런 이가 있었다면 선생님은 그에게 '공부할 자격'이 없다고 했을지도 모른다.

공자의 제자들이 스승의 가르침을 좇아 효도를 비롯해 주변 사람들에게 잘하고 두루 잘 어울리면서 공부했다면 그들은 결코 방과 후에 독서실로 직행하지는 않았을 것이다. 홀로 고요히 숙고하고 연구하는 시간 이상으로 학우들과 토론하고 교유하지 않았을까? 관직에 나아가 온갖 생각을 가진 사람과 어울리려면 그런 토론 수업은 어찌 보면 필수 과정이었을지도 모른다.

그들은 분명 홀로 공부하지 않았다. 공자가 가장 사랑했던 제자 안회를 보면 알 수 있다. 그는 어울려 공부하는 데 최고의 자질을 가진 학습자였다.

曾子曰: "以能問於不能, 以多問於寡; 有若無, 實若虛, 犯而不校, 昔者吾友, 嘗從事於斯矣."

증자가 말했다. "유능한 입장에서 그렇지 못한 사람에게 묻고, (학식이) 풍부하면서도 적은 사람에게 질문했으며, 있어도 없는 것처럼, 가득 차 있으면서도 빈 것처럼, 남이 덤비더라도 따지지 않는, 이런 일을 일찍이 내 친구(안회)가 했다."

  - 〈태백5〉

반대로 생각해보라. 조금만 똑똑해도 "공부 못하는 애들하고는 안 놀아" 혹은 "우리 그룹에 넌 못 끼어" 하는 아이들이 여러 사람들과 두루 사귀면서 공부할 수 있을까?(〈위정14〉) 그럴 가능성은 거의 없다. 하지만 안회라면, 그처럼 학문에 뜻이 있는 사람이라면 누구라도 친구로 삼아 서로를 이끌어주는 사이로 발전시켰을 것이다. 끼리끼리 어울리고 철저한 계층의식에 사로잡힌 아이들과는 사뭇 달랐다. '논어 학교'의 학생들은 대개 안회처럼 학우들과 두루 어울릴 줄 알았다.

"君子周而不比, 小人比而不周."
"군자는 두로 조화를 이루고 당파를 형성하지 않는다. 소인은 당파를 만들고 두루 어울리지 못한다."

  - 〈위정14〉

조선 최고의 공부 명문가, 비결은 '팀플레이'

팀플레이를 문중 차원에서 실천한 가문이 있었다. '노성 윤씨'였다. 노성 윤씨를 빛낸 대표적인 인물은 '백의정승'으로 유명한 명재 윤증(尹拯, 1629~1741)이다. 그는 평생 벼슬길에 나아가지 않고도 우의정을 제수받았다.

노성 윤씨는 전주 이씨와 안동 권씨와 함께 조선시대 문과 급제자를 가장 많이 배출한 가문이었는데, 이는 문중 차원의 팀플레이 덕분이었다.

명재 윤증의 가문이 종학당(宗學堂)을 세우고 문중의 자제들을 모아서 공부를 시킨 것은 부실한 공교육과 고액의 사교육 때문이었다. 형편이 어려운 친척들을 돕자는 차원에서 시작한 문중 학교는 후일 'SKY'에 버금가는 명성을 쌓았다. 현대의 대학과 다른 점이 있다면 초등 과정부터 대학 과정까지 원스톱으로 교육했다는 점이었다. 교사는 문중에서 존경받는 어른이었고, 공부 잘하는 '삼촌'이나 '형님'은 장(長)이 되어서 조카와 동생들을 가르쳤다.

교육 내용도 신선했다. 우선 선비 교육과 과거시험 준비를 한꺼번에 시켰다. 인성과 입시 모두를 잡은 셈이다. 게다가 요즘으로 치면 경영학 수업이라 할 수 있는 '재화를 유리하게 이용하는 법' 같은 실용적인 지식도 가르쳤다. 양반이라면 돈을 만지는 것도 꺼려하던 조선 사회로 보면 상당히 파격적인 교육이었다.

무엇보다 그들의 교실이 열려있었다는 점을 주목해야 한다. 종학당에는 문중의 자녀들뿐 아니라 중인의 자제들도 들어올 수 있었다. 누구든 배울 권리가 있다는 명재의 사상에 따른 것이었다. 뭔가 뒤떨어지는 아이들은 아예 접근 불가능한 클래스를 만들려고 애쓰는 요즘 극성 엄마들과는 사뭇 다른 분위기다. 요컨대 명재 윤증 가문의 교실은 '두루 조화를 이루는' 곳이었다. 그의 생각은 손자 동준에게 보낸 편지에도 잘 드러나 있다.

명재는 "자기보다 나은 사람에게 가서 배워야 한다. 또한 유익한 벗을 잘 선택하라" 하고 충고했다. 만약 안회가 종학당에 들어갔다 하더라도 이마 한 번 찌푸리지 않았을 듯하다.

'논어 학교'는 묻고 대답하는 대화가 끊이지 않는 열린 학교였다. 유대인 들의 학교도 이와 비슷했을 것이다. 칸막이 안에 꽁꽁 숨어서 책만 파고드 는 한국 학생을 봤다면 뭐라고 했을까?

"너 공장 가서 일하면 딱 맞겠다. 거기선 나사를 돌리거나, 페인트를 칠하 거나, 어쨌든 자기 맡은 일만 하면 되거든."

공장시대는 끝났다. 지금 우리가 사는 세상은 자기의 일만 잘 처리하면

되는 2차산업시대에서 융합과 화합을 추구하는 공감사회로 진화하고 있다. 미래사회는 팀플레이가 더 강화될 것이란 뜻이다.

제레미 리프킨은 "다음 세대는 지난 세기와 비교할 수 없을 만큼 복잡하고 정교해진 만큼 싱호 의존적이고 복잡한 사회관계를 맺어야 살아남을 수 있다. 그런 긴밀한 커뮤니케이션과 공감 능력을 갖추지 못하면 도태될 수밖에 없다"고 단언한다. 설득력이 충분한 주장이다. 아이들이 학교에서부터 '세상을 살아가는 가장 훌륭한 방법'을 터득한다면 영어 한 문장 더 외우고, 수학 문제를 조금 더 잘 푸는 '우등생'보다 더 근사하고 행복한 삶을 살 수 있지 않을까? 요컨대 팀플레이 능력은 공부에만 유용한 것이 아니라 장차 사회생활에서도 든든한 경쟁력이 되어줄 것이다.

칭기스 칸의 팀플레이 '번개 진격'

역사 속에도 협력을 통해 훌륭한 성과를 낸 예가 얼마든지 있다. 대표적인 예는 칭기스 칸의 부대일 것이다. 칸의 몽골 군사 한 명 한 명은 때로 적들의 비웃음거리가 될 정도로 초라했지만, 이들은 체계적인 시스템 아래 팀플레이를 하면서 세계 최강의 군대로 이름을 떨쳤다. 그중에서도 특히 '번개 진격'이라고 불린 기습 작전에서 팀의 위력이 여실히 드러난다.

칸의 부대는 적이 예상한 길로 진격하는 일이 거의 없었다. 상대가 예측 가능한 길을 가면 즉시 들키지만, 적이 경계하지 않는 곳으로 들이닥치면 승률이 훨씬 높다. 속도는 어땠을까? 적의 예상을 초월해서 '느닷없이' 눈앞에 나타났다. 칸의 부대는 밤에도 쉬지 않고 말을 달렸다. 그는 이를 '번개 진격'이라고 불렀다.

쉼 없이 달리면 말도 지치기 마련인데 어떻게 한숨 돌릴 겨를도 없이 내처 내달을 수 있었을까? 비결은 간단했다.

선발대가 사람을 태우지 않은 말 무리를 이끌고 먼저 출발해서 몇 개의 중간 지점에서 군사들이 도착할 때를 기다린다. 군사들은 중간 지점에 닿으면 지친 말에서 내려 쉬고 있던 말에 올라탄다.

이런 식으로 멈추는 일 없이, 속도를 거의 줄이지 않고 적진까지 갈 수 있었다. 칭기스 칸의 '번개 진격'의 핵심은 팀플레이였다.

세상에 무능한 사람은 없다. 특별히 뛰어난 사람도 많지 않다. 구성원 전

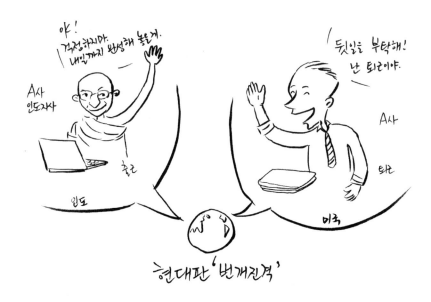

현대판 '번개진격'

체의 힘을 모아 팀플레이를 한다면 전혀 불가능해 보이는 일도 충분히 해 낼 수 있다. 팀을 짜서 과제를 수행하거나 공부하는 습관을 진작부터 들인 다면 사회에서도 유능한 팀원이 될 수 있다. 어느 단체나 독불장군 식으로 일을 처리하거나 다른 사람들에게 도움을 청하지 못해 혼자 끙끙 앓는 사 람들이 있다. 그런 이들이 훌륭한 사회인으로 성장할 가능성은 거의 없다. 특히, 공감시대에는.

도움을 청할 줄 알고, 줄 줄도 아는 지혜는 세상을 살아가는 데 가장 필 요한 '능력'이다. 제레미 리프킨의 말대로 이제는 '공감의 시대'다. 요즘 선행 학습에 목을 매는 부모들이 많은데, 공감능력이야말로 진정한 선행학습이 아닐까?

"재하고 놀지 말자"
왕따시켰던 아이가 국무총리!

인사가 만사라는 말이 있다. 사람 보는 눈이 그만큼 중요하다는 뜻이다. 사람을 알아보면 '천기'도 읽을 수 있다.

한명회(1415~1487, 태종 15년~성종 18년)가 송도에 파견돼 근무할 때 일이다. 당시 송도에서 일하던 한양 출신 관리들이 계를 만들었다. 한명회도 한자리 끼기를 원했지만 가입을 거부당했다. 말직인데다 체구도 작고 머리가 커서 볼품이 없었기 때문이었다. '천하의' 한명회에게 퇴짜를 놓은 '송도계원'의 장래가 어떻게 됐을지는 물어보나 마나다.

반면 이런 일도 있었다. 한명회가 경덕궁직에 있을 때 근처 영통사로 놀러갔다. 한 노승이 한명회에게 다가와 "그대의 두상에는 광채가 있다. 귀한 인물이 될 징조'라고 했다('한명회는 대갈 장군'이라는 말이 여기서 비롯됐다고 한다). 사람을 알아본 것이다.

용을 알아볼 수 있는 것은 용밖에 없다. 물속에 잠겨 때를 기다릴 때는 "저거 미꾸라지네" 하다가 하늘을 날고 불을 뿜으면 그제야 "아하, 용이

었구나!" 하는 사람은 평범한 치들이다. 아직 세상에 이름을 못 드러낸 '대
갈 장군'들이여, '송도계원들'을 탓하지 마시길. 눈이 덜 떠져서 그렇다. 잊지
마시라. 당신이 싫어하는 친구 가운데 한명회가 있을 수도 있다.

개성과 재능을 살려야
교육이 살아난다

子曰: "沽之! 沽之哉!"
공자께서 (자공에게) 말씀하셨다. "팔아야지, 팔아야지!"
– 〈자한13〉

모두 찰리 채플린이면,
조연은 누가..?

공자와 제자 자공이 대화를 나누었다. 그 방식이 독특하다. 물건을 사고파는 것에 비유해서 유학의 가장 핵심적인 사상 하나를 건드리고 있다.

자공이 공자를 옥에 비유하여 물었다.

"상인이 사러 오면 어떻게 합니까?"

공자는 대답한다.

"팔아야지, 팔아야지!"

옥을 파는 것은 중요하다. 중국의 우스갯소리 중에 "중국인은 성공하면 유학자가 되고 실패하면 도학자가 된다"는 말이 있다.

자공은 수천 금(金)의 재산을 모은 사업가로 알려져 있다. 공문(孔門)의 번영이 그의 경제적 원조에 힘입은 바가 크다는 이야기도 있다. 거상(巨商)을 제자로 둔 때문일까? 중국의 상인들 가운데 공자를 멘토로 받드는 이

못 생겨서
떴어요…

개성이 있어야 잘 팔립니다!

탈모 후 뜬 코미디언
고 이주일 선생

들이 많다.

자공은 공자가 같은 내용을 강의하더라도 자신만의 이론으로 변형시켰을 것이다. 다른 제자들은 수신과 제가, 세상을 다스리는 이치나 인간관계 등의 교훈을 얻는 사이 그는 장사 비결을 차곡차곡 쌓았을 것이다. 만일 자공이 단독으로 《논어》를 저술했다면 애덤 스미스의 《국부론》을 능가하는 경제학 서적이 탄생하지 않았을까? 그만큼 자공에게 공자는 CEO를 위한 인문학 명강사였을 것이다.

자공의 예에서 알 수 있듯이 《논어》의 세계는 고리타분하거나 갇혀있지 않다. 오히려 한없이 열려있다. 그것이 가능했던 이유 가운데 하나가 각자의 개성을 존중한 스승 공자의 마인드였다.

개성을 존중하는 교육은 곧 창의적인 인재 양성과 직결된다. 톡톡 튀는 개성과 관련해 미국과 한국인을 비교한 실험이 있었다.

미국인과 한국인에게 다양한 볼펜을 보여주면서 하나 고르라고 했더니 미국인은 가장 독특한 색을 골랐고, 한국인은 평범한 색을 골랐다. 미국인들은 개성과 독특성을, 한국인들은 무난한 것을 선호한다는 뜻이다.

얼마 전 재미있는 기사를 읽었다. 내용인즉, 한국의 부모들이 '스티브 잡스처럼 되어라. 그러나 직업은 안정적인 월급쟁이가 좋다'는 식의 교육을 한다는 것이었다. 벤처가 유망하다는 생각을 하면서도 여전히 안정을 중시한다. 언밸런스이자 아이러니다.

개성과 도전이라는 측면에서 우리보다 더 심각한 나라가 있다. 바로 일본이다. 독설가 가운데에는 "소니의 워크맨 외에 일본인이 창의적으로 개발한 제품은 하나도 없다"고 말하는 사람도 있다. 가만히 들여다보면 별로 틀린 말이 아니라는 생각이 든다.

일본인들은 집단적 성향이 강하다. 귀족사회에서 곧장 근대사회로 진입한 까닭이다. 진정한 의미에서의 근대가 이루어지기나 했을까 의심스러울 때도 있다. 르네상스의 핵심이 '개인주의'이고, 현대사회가 개인의 정체성에 눈을 뜬 '시민계급'의 형성에 힘입은 측면이 많다는 점을 감안한다면 말이다.

개성을 파괴하면 인성도 파괴된다

일본은 뭔가 답답하다. 노벨상이나 국제특허에서 미국 다음으로 두각을 드러내는 것을 보면 무척 창의적인 것 같다. 그러나 일본의 노벨상과 특허를 생산한 곳은 대학 혹은 연구소라는 '시스템'이다. 이른바 매뉴얼을 짜서 곧이곧대로 하다 보니 뜻밖의 성과를 얻은 것이다. 이런 식의 성과는 시스템을 벗어나면 곧 빈약해진다. 빌 게이츠처럼 평범한 성공이 보장된 길(대학)을 벗어나 과감히 자기 길을 개척한 경우는 거의 없다. 물론 한국도 반성이 필요한 대목이다.

그들은 이러한 성향의 한계를 인정하지 않는다. 소위 일본의 '석학'이라고 불리는 이들이 꽉 막힌 자신들의 경향을 오히려 자랑스러워하고, 심지어 이웃 나라 사람들에게 강요하기도 한다.

임진왜란 직전의 일이다. 일본인들이 신분과 시스템에 얼마나 신경을 쓰는지 보여주는 사건이 있었다.

"너희 나라(조선)는 망할 날이 머지않았다. 아랫사람들의 기강이 이 모양이니 이러고서 어찌 나라가 온전키를 바라겠느냐."

임진왜란이 일어나기 5년 전인 1587년이었다. 다치바나 야스히로(橘康廣)라는 일본 관리가 사신단을 이끌고 조선을 방문했다. 환영회장에서 그는 갑자기 마루에 후추 열매를 뿌렸다. 그러자 아전들과 기생들이 뒤엉켜서 이를 줍느라 난리였다. 이 모습을 지켜보던 그는 비웃듯이 위와 같은 말을 했던 것이다. 한마디로 기강이 없다는 것이었다.

500년이 지난 오늘, 그의 후손들도 이와 비슷한 말을 한다.

"장기적인 산업정책을 진지하게 마련하려는 지도자가 없다."

"한국은 분열된 사회다. 개혁과 정치적 지도력이 더 필요하다. 어느 나라를 제쳤다는 말 자체가 한국적 발상이다."

2010년 오마에 겐이치가 한국 언론과의 대담에서 끄집어낸 말이다. 그는 영국판 〈이코노미스트지〉지에서 선정한 '세계의 사상적 지도자' 경영 분야 5인 중 한 명으로 선정되었으며, 일본에서는 경영의 구루로 통한다.

일본인들의 말에는 일관성이 있다.

"한국은 통제가 안 된다."

"진정한 리더가 없다."

그러나 일본만큼 리더를 하기 쉬운 나라가 없다. 일본은 전통적으로 화(和)를 중시했다. 화는 언성을 높이거나 혁명의 기치를 내거는 사람들을 경계하는 문화로 발전했다. 그들은 리더 앞에서 고분고분하고 질서정연하기 이를 데 없다. 진정한 리더가 있어서라기보다 도드라지기를 두려워해서 감히 "NO!"라고 하지 못하는 것뿐이다.

이런 사회에서는 창의성과 개성이 파고들 틈이 거의 없다. 개성 없는 국민은 기계적으로 변한다(《자유론》 3장). 그들이 융통성이 떨어진다는 비난을 무릅쓰고 매뉴얼에 목을 매는 이유다.

J. S 밀은 《자유론》에서 보다 심각한 이야기를 한다.

"개성을 파괴하는 것은, 가령 그것이 어떤 이름으로 불리든 간에, 신의 의지 혹은 인간의 명령을 실행하는 것이라 공언하더라도 모두 전제주의다."

일본에서는 한 번도 제대로 된 '창의적' 혁명이 일어난 적이 없다. 일본은 거의 100년 전까지 '평화'를 책임지는 절대권력의 귀족층과 그들의 뜻을 목숨 걸고 따르는 평민층으로 나누어져 지속됐다. 귀족 세상을 뒤로 물리고 이른바 혈통보다 학력을 우선하게 만든 '과거제도'도 중국과 한국, 베트남은 파고들었지만 일본에는 전파되지 못했다. 물론 '유학'은 전파됐지만⋯⋯. 우리로 치자면 고려(귀족사회)에서 바로 근대로 진입한 셈이다. 미국이나 프랑스, 심지어 우리나라와 비교해도 혈통에 관한 한 다이내믹한 사고가 떨어진다.

사족을 달자면, 개성이 없는 사회는 쉽게 집단사고에 빠진다. 아무도 '아니오'라고 말하지 않는다. 지나치게 긍정적이어서 터무니없는 결정을 내리기 십상이다. 도요토미가 임진년에 일으킨 난(亂)도 집단사고의 결과였다. 아무도 깊이 생각하지 않고 비판적인 의견을 내놓지 않는 집단은 언제나 시키는 대로 한다. 일본과 대비되는 한국의 분위기를 서로의 개성을 받아들이는 '관용'이라고 하면 너무 비약일까?

2차대전 전범 재판 때의 일이다. 사형선고를 받은 도고 시게노리 외상은 "왜 전쟁에 반대하지 않았느냐?" 하는 질문에 이렇게 대답했다.

"개인적으로는 반대였다. 다만 추세가 그래서 따랐다."

그들의 '통일성' 속에는 군국주의의 어두운 그림자마저 보인다. 그 질서가 자연재해와 섬이라는 지리적 특성에서 비롯됐다고 생각하면 측은해 보이기도 하지만, 우리의 역사와 겹치는 그들의 침략사를 생각하면 끔찍하다.

'불후의 타잔'을 만든 단 하나의 개성, '아아아~'

아주 사소한 개성과 창의성도 때로 사람을 성공으로 이끈다.

"내가 밀림에서 싸움을 제일 잘한다."
- 영화 《타잔》 중에서

1918년부터 1932년까지 수십 명의 '타잔'이 탄생했다. 그들은 공통적으로 제인에게 사랑을 고백하고 악의 무리들과 싸웠다. 이 가운데 가장 깊은 인상을 남긴 인물은 조니 와이즈뮬러(Johnny Weissmuller, 1904~1984)였다. 그는 두 번의 올림픽에서 수영 부문 메달 다섯 개를 따낸 근육질의 호남형 사내였다.

그가 '그놈이 그놈 같은' 타잔들 사이에서 깊은 인상을 남긴 것은 그의 독특한 외침 덕분이었다. '아아아~' 하는 그의 외침은 얼핏 요들처럼 들리기도 했다. 우리가 기억하는 타잔의 목소리는 바로 이 사람의 음성이다. 근육질 몸매와 아름다운 제인, 사람 흉내를 내는 침팬지, 빽빽한 밀림과 단검, 가죽 팬티까지 모두 똑같았지만 단 하나, 독특한 외침으로 최후의 타잔이 되었다. 오직 외침 하나로 불후의 타잔에 등극한 셈이다.

최근 오디션 프로를 보면서 '고만고만한 타잔들'이라는 말이 절로 떠오른다. 한국 사람이 노래를 잘 부른다는 건 어제오늘의 이야기가 아니지만, 텔레비전 오디션 프로를 보고 있으면 '잘해도 너~ 무 잘한다'는 생각이 든다. 우리 민족이 대대로 가무를 즐겼다는 기록만으로는 설명이 부족한 느낌이다.

이처럼 평균 이상의 '실력'을 갖춘 데에는 인터넷의 발달이 제일 큰 영향을 미쳤다. 한국은 언필칭 인터넷 강국이다. 온라인이 발달하면서 음악을 찾아 듣고 공부할 기회가 늘었다. 보고 듣는 것은 곧 공부다. 현대 음악과 미디어는 밀접한 관계가 있다. 전례가 있다. 바로 재즈다. 재즈는 상당 부분 미디어 즉 축음기와 라디오의 힘으로 성장했다. 카운트 베이시와 찰리 파커 같은 재즈 연주가들은 라디오와 음반을 통해 재즈를 배우고 익혔다. 이런 방법은 클래식이나 전통 음악의 전수법과는 사뭇 다르다. 미디어 덕분에 더 이상 선생님 곁에 머물면서 배울 필요가 없어졌기 때문이다. 요컨대, 최근 오디션 프로에 넘쳐나는 깜짝 놀랄 만한 '음악적 재능'은 진일보한 미디어의 산물이다.

그러나 그저 흐뭇해할 일만은 아니다. 수많은 '음악 신동'들의 면면을 가만히 살펴보면 흉내 내기에 그친 경우가 많다. 멋지고 세련되기는 한데, 기성복 같은 느낌이 강하다.

그런 면에서 케이팝 스타의 최종 승자 중 하나인 '악동 뮤지션'은 신선했다. 고만고만한 인터넷 뮤지션들을 당당히 제친 순수하고 창의적인 참가자였다. 기획사가 '제작한' 아이돌이 무대를 휩쓰는 가요계 전체에도 신선한 충격일 듯하다.

'악뮤'의 창의성은 자유와 여유에서 나왔다. 그들 역시 인터넷 세대이긴 하지만 몽골에서 홈스쿨링을 하면서 자유로운 시간을 보냈다. 어떤 어른들에게는 장난 같아 보였을지라도 그들은 스스로 무언가를 하면서 자신을 키워갔다. 효율에 쫓겨 자기 힘으로 공부하고 노력할 기회를 거의 박탈당하는 보통 아이들과 사뭇 다른 성장 환경이다.

음악만 그럴까. 언뜻 뛰어나 보이지만 자세히 들여다보면 알맹이가 없는 아이들이 얼마나 많은가. 공부든 예능이든 스스로 만들어가기보다는 기성세대가 만들어놓은 '제작' 시스템에 영혼을 맡기는 까닭이다. 효율성에 치중하느라 개성이 질식한 셈이다.

아이들을 속 빈 강정으로 만들지 않으려면 인터넷을 비롯한 여러 시스템을 적절하게 활용하고 폐해를 극복할 방안을 늘 고민해야 한다. 남들 흉내 내기에만 급급하다가는 사회 전체가 무미건조해질 것이다. 몰개성에다 역동성 없는 사회의 미래는 결코 밝지 않다.

위대한 개성은 세상을 변화시킨다

위대한 개성은 때로 세상을 바꾸기도 한다.

여기, 태어날 때부터 열외였던 인물이 있다. 그는 아버지의 불장난으로 잉태되었다.

그의 아버지는 부유한 지주의 아들이었다. 10대 중반에 숯쟁이의 딸과 정분이 나서 아기까지 낳았지만, 남녀는 결혼에 골인하지 못했다. 신분 차이가 너무 컸던 까닭이었다. 그녀는 아기를 낳은 얼마 후 인근의 작은 마을에 사는 농부와 결혼했고, 아이는 부유한 가문에 그대로 남았다.

엄마 없이 자란 아이는 정 붙일 곳이 없었다. 그를 유일하게 귀여워한 사람은 삼촌이었다. 삼촌은 나중에 그에게 유산을 남기기도 했다(이복 형제들의 반대로 그의 수중에 들어가지는 못했지만). 그는 철저하게 '가문'이라는 집단에서 배제되었다.

13년 후 소년은 빈치 마을을 떠나 피렌체로 왔다. 피렌체는 은행이 33개나 들어선 상업도시였다. 14세기 초까지 유럽에서 가장 번창한 도시였다. 이런 까닭에 피렌체에는 새로운 물결의 조짐이 꿈틀대고 있었다. '르네상스'의 에너지가 충만해 있었던 것이다.

소년은 이 도시에서 자기 인생을 바꿀 행운을 얻었다. 사생아였던 덕에 얻은 행운이었다. 사생아가 아니었다면 그는 아마도 공증인이 되었을 것이다. 그의 증조부가 피렌체공화국의 공증인, 서기관, 대사로 출세한 인물이었고, 부친 또한 공증인이었다. 판에 박힌 인생을 살았을 가능성이 높았다. 하지만 다행히(?) 사생아였던 그는 아버지의 직업을 물려받을 의무(혹은 권리)가 없었다. 말하자면 그는 '하지 않아도 되는' 행운을 얻은 것이었다.

그는 어쩌면 "하지 않는 것이 있은 다음에야 하는 것이 있게 된다"(《맹자》〈이루 하〉)는 말의 의미를 청소년기에 깨달았을지도 모른다.

그는 '해야 할 일'이라는 족쇄를 차지 않은 덕에 자유롭게 자기의 길을 걸어갈 수 있었다.

그의 이름은 빈치에서 온 레오나르도 즉, 레오나르도 다(da=from) 빈치였다. 르네상스가 낳은 가장 열정적인 천재였다.

아이들의 마음에 채운 족쇄를 풀어주자. "공무원이나 교사가 아니더라도 네 인생을 열정적으로 불태울 수만 있다면 어떤 직업이라도 괜찮아"라고 말해주자. 혹시 아는가, 당신의 자녀가 레오나르도일지.

〈사계〉로 널리 알려진 음악가 비발디도 열외의 성장기를 거친 인물 중의 하나다. 그는 어릴 때부터 몸이 약했다. 칠삭둥이로 태어난 때문이었다. 그의 어머니가 전하는 출생 사연은 드라마틱하다.

"1678년 3월 4일, 지진이 일어났어요. 저는 벽에 머리를 박고 기절했는데, 깨어나 보니 아기가 태어나 있는 거예요. 금방 죽을 줄 알았지요."

비발디는 열다섯 살 때 수도원에 들어갔지만 얼마 뒤에 나왔다. 약한 몸으로 견디기에는 수도원 생활이 너무 혹독했던 것이다. 집에 돌아온 비발디는 파적삼아 바이올린을 '실컷' 배웠다. 그가 음악인으로 성장한 배경이다.

사족을 달자면, 유럽의 르네상스는 탁월한 개성과 지성을 발휘한 '개인'들의 역할이 컸다. 당시 유럽 사회의 경제적 번영이 르네상스의 기반이 되었지만, 비발디나 레오나르도 다빈치 같은 독립적인 천재들의 활약이 없었다면 변화의 물결은 훨씬 미미했을 것이다.

르네상스는 이처럼 개인주의와 밀접한 관련이 있었다. 개인주의는 오늘도 세상을 바꾸는 가장 강력한 힘이다.

놀어

둘

논어

공부의
때를 말하다

知디之지生ᄉᆡᆼ而이 　或혹 學ᄒᆞᆨ而이知디之지 　或혹 困곤而이 或혹 知디之지하나니 　及급其기知디之지하얀 一일이니라

或혹安안而이行ᄒᆡᆼ之지하며 或혹利리而이行ᄒᆡᆼ之지하며 或혹勉면强강而이行ᄒᆡᆼ之지하나니 及급其기成셩功공하얀 一일也야니라

나는 너무
늦었다?

子曰: "力不足者, 中道而廢. 今女畵."
공자께서 말씀하셨다. "힘이 모자라는 사람은 중도에서 그만두게 마련이지만
지금 너는 (해보지도 않고 미리) 자기 한계선을 긋고 있는 것이다."
- 〈옹야12〉

"늦었다고 생각할 때는 정말 늦은 것입니다."

개그맨 박명수의 '명언'이다. 이 말은 언뜻 절망을 안기는 듯하지만 바꿔
생각하면 그렇지도 않다. 이 문장에서 '늦었다'는 것은 그저 '생각'일 뿐이다.
생각만 바꾸면 언제라도 늦지 않았다는 뜻으로 받아들일 수 있다. 시쳇말
로 '예능을 다큐로 받는' 건지도 모르겠지만……

조선의 천재 연암 박지원도 알고 보면 늦깎이

공부는 언제 시작해도 늦지 않다. 공부란 평생 해야 하고, 또 언제 시작
해도 반드시 유익이 있기 때문이다. 또한 다른 사람에 비해 늦게 시작하고
도 우뚝한 성과를 낸 경우도 많다.

조선에 늦깎이 우등생이 있었다. 그는 후일 이렇게 고백했다.

"나는 어찌 그리 읽기를 싫어했던고."

믿기지 않겠지만 조선시대의 천재 연암 박지원(燕巖 朴趾源, 1737~1805)의 이야기다. 그는 어린 시절 그다지 공부를 즐기지 않았다. 독서에 파고든 것은 결혼한 뒤였다. 그의 장인이 스승이 되었다. 그는 뒤늦게 공부를 했지만 조선 최고의 문장가가 되었다.

박지원이 뒤늦게 출발해서도 남들을 훨씬 앞설 수 있었던 비결은 '늦었다'는 생각을 극복한 용기였다. 박지원의 '늦어도 괜찮아' 정신은 아마도 그의 가문에 두고두고 가훈(家訓)으로 남았을 듯하다. 조금 비약해서 해석하자면 후손 전체에 남기는 교훈이라고 해도 무방하다.

우리는 박지원의 앞선 생각을 너무 뒤늦게 깨닫는 바람에 일제강점기와 극빈국의 처지를 겪었다. 그때 우리의 선배들은 생각했을 것이다. 지금이라도 시작하자. 이미 늦은 건 어쩔 수 없고, 지금부터라도 잘하자, 라고. 늦었다는 생각을 딛고 일어서는 용기는, 공부하는 사람이라면 누구나 가져야 할 마음가짐이다.

게임 중독 극복하고 서울대 간 어느 학생의 '용기'

박지원처럼 뒤늦게 시작해서 좋은 성과를 거둔 예가 하나 있다. 5년 전쯤, 지방의 모 고등학교를 전교 1등으로 졸업하고 서울대 사회학과를 간 학생이다. 그가 공부를 시작한 사연이 재미있다.

고등학교 1학년 겨울방학을 앞둔 무렵이었다. 성적표를 받아든 어머니가 사흘 동안 밥도 안 먹고 울었다. 당시 그의 성적은 전교 100등 내외였는데, 2학기 기말고사 성적이 몇 십 등이나 떨어졌던 것이다. 그 즈음 그는 게임에 빠져 매일 새벽 2~3시까지 컴퓨터 앞에 앉아있었다. 어머니는 자식의 앞날이 걱정돼 자기도 모르게 눈물이 나오더라고 했다. 밥 먹고 울고, 밥 먹고 울기를 사흘 동안 반복했다. 그러면서 아이에게 이렇게 말했다.

"넌 성격도 외곬인데다 키도 별로 안 크고, 인상도 좋지 않아서 공부까지 못하면 나중에 굶어죽어!"

자식을 가장 잘 아는 것이 어머니라고 했던가. 그녀는 아들에게 악담 아닌 악담을 퍼부었던 것이다. 아들은 충격을 받았다. 사흘 동안 울면서 하소연하는 어머니 앞에 결국 무릎을 꿇었다.

"엄마, 나 공부할게!"

78

그리고 게임을 끊고 공부를 시작했다. 마치 공부에 '중독'된 것처럼. 그 결과 한 학기 만에 전교 1등을 꿰찼다. 서울대에 진학한 후 그 학생은 주변에 이렇게 고백했다고 한다.

"나를 깨우친 건 8할이 어머니의 눈물이었어요."

도박 중독 극복하고 우의정에 오른 조선 선비

요즘은 게임 중독이 많지만 과거에는 도박 중독자가 많았다. 젊은 사람들이 주로 걸리고, 세월을 허송하게 한다는 공통점이 있다.

조선시대에 도박 중독의 늪에서 허덕이다 뒤늦게 공부를 시작해 성공한 인물이 있다.

조선 영조 때 이야기다. 이조참판을 지낸 원경하(元景夏, 1698~1761)의 아들이었던 원인손은 조선의 '타짜'였다. 손놀림이 기묘해서 국수(國手)라는 별칭까지 얻었다. 하루는 원경하가 아들을 불러놓고 노름을 끊으라고 타일렀다.

"손을 씻으려고 해도 씻을 수가 없어요. 저하고 한판 붙어보려는 '선수'들이 줄을 섰다니까요. 제가 꼬랑지를 빼면 비겁한 놈이라고 소문날 거 아닙니까? 그만둘 수가 없어요, 아버지!"

원경하도 젊은 시절에는 손가락 좀 놀렸던 모양이다. 그는 "그럼 나하고 한번 해보자" 하고 대결을 제의했다. 하지만 아들을 당할 수가 없었다.

"내가 할 말이 없다. 네 마음대로 해라. 그렇지만 네 인생은 네가 책임져야 한다!"

이렇게 아버지까지 굴복시켰지만, 원인손은 결국 타짜 생활을 접었다. 노름판에서 사람이 죽는 것을 보고 난 뒤였다. 돈을 잃은 사람 하나가 시비를 걸다가 칼에 찔려 죽었다. 원인손은 노름판이 얼마나 더럽고 비열한 바닥인지를 깨닫고 노름 인생을 접었다. 이후 공부에 매진한 그는 서른 살에 진사시를 통과하고, 서른한 살 때 정시에 장원을 했다. 후일 우의정까지 올랐다.

후일 우의정까지 올랐다는 것은, 노름을 할 때도 얼마나 많은 에너지를 쏟았는가를 보여주는 듯하다. 이처럼 게임 중독에 빠진 청소년들이 게임에 투자하는 시간과 열정을 공부에 투자하면 국무총리도 될 수 있다. 원인손은 다행스럽게 자기 안의 거대한 에너지와 열정을 좋은 쪽으로 돌리는 데

도둑이야!

금메달!

담 넘으면…

허들 넘으면…

성공했지만, 그와 같은 뛰어난 인재 가운데 노름에서 벗어나지 못하고 변변치 못한 인생을 산 이들도 많을 것이다. 게임에 빠진 청소년들 중에도 그런 아까운 인재가 많이 있을 것이다.

사족 하나. 박지원도 투전을 즐겼다는 기록이 있다. 그러나 그는 적당히 따고 나면 자리에서 빠져 다시 판에 끼어들지 않았다. 같이 노름을 즐기는 사람으로선 얄미웠겠지만, 노름판에서도 중용을 지킨 그의 자세는 높이 살 만하다. 그가 노름에 푹 빠졌다면 불후의 명작 《열하일기》도 자칫 미완의 작품이 되었을 수도 있겠다.

늦깎이 임금님이 수재로 등극한 비결은?

조선의 대표적인 늦깎이 학생 중에는 임금도 있었다. 성종이다.

역사가들은 조선시대에 가장 훌륭한 치적을 남긴 임금으로 세종과 성종 그리고 정조를 꼽는다. 이 가운데 세종은 세자가 아니었음에도 스스로 공부했고, 정조는 가장 충실한 세자 교육을 받았다. 요즘으로 치면 세종은 선행학습에 충실했고, 정조는 어릴 때부터 영재 코스를 밟은 셈이다. 그에 반해 성종은 임금과는 팔자가 멀다는 생각에 유유자적 소년기를 보냈다.

왕실에서는 세자를 제외한 나머지 왕자들은 그저 서화나 풍류를 즐기는 쪽으로 유도했다. 성종도 그랬다. 당연히 경서와 사서를 읽는 훈련이 전혀 안 돼 있었다. 기본기가 부족했다. 그는 열세 살에 왕위에 오르고 나서야 본격적인 공부를 시작했다. 늦깎이였다. 그럼에도 성종은 '엘리트 교육'

을 받은 왕들에 못잖은 성군으로 칭송받는다. 늦게 공부를 시작하고서도 지혜로운 임금으로 이름을 남긴 것이다. 진정으로 늦은 것은 세상에 없다.

늦깎이를 천재로 만드는 성종 임금의 학습법

첫째는 성실성이다. 성종은 경연에 열심이었다. 수렴청정이 끝나는 7년 동안 월평균 25일 이상 경연을 열었다. 성종2년 10월부터는 밤에도 경연을 하자고 했다. 이른바 야대(夜對)였다. 그렇게 꼬박 10년 동안 밤낮으로 공부에 열중했으니 성적이 오르지 않을 수 없었다.

두 번째는 이해 위주의 공부였다. 그의 할머니 정희대왕대비는 경연을 맡은 신하들에게 이렇게 당부했다.

"세조께서 일찍이 대행왕(예종)에게 이르기를 '글을 외우지 말라. 글을 외우면 기운이 다 없어진다'고 했다." (성종1년 1월 10일)

이는 그녀의 오해였을 가능성이 높다. 세조는 세종을 도와 훈민정음 창제에 참여한 '학자'였다. 세조의 진의는 '이해 위주의 공부를 하라'는 충고였을 것이다. 세조가 제시한 공부법은 시간이 오래 걸린다. 세조는 왜 더딘 공부를 하라고 했을까? '왕'이 어떤 자리인가를 생각해보면 답이 쉽게 나온다.

왕은 논리만 굳건하면 나름대로 인정을 받을 수 있는 학자와 다른 존재다. '교과서'를 바탕으로 다양한 경우에 적용을 해야 한다. 단순한 이론은 의미가 없다. 그러므로 사고력과 창의력은 공부의 가장 중요한 덕목일 수밖에 없었을 것이다. 세조는 바로 이 점을 강조했고, 성종은 선대의 학습지침을 충실하게 따른 것이다.

이 공부법은 오늘날의 학생들에게도 적용이 가능하다. 당장 성적을 올리는 데는 주입식으로 무조건 암기하는 것이 최고겠지만 피가 되고 살이 되는 공부는 결국 이해를 바탕으로 해야 한다.

태어날 때부터 뒤처진 사람들에게

근본적인 차원에서 말하자면 공부는 늦다, 이르다라는 잣대를 들이대는 것 자체가 어리석다. 타이밍을 따지는 것은 학력을 출세(대입 혹은 과거)와 연결시켜 생각하는 버릇 때문에 생겨난 사고방식이다. 물론 진정한 의미에서의 공부도 빨리 시작할수록 좋겠지만, 늦었다고 해서 안 된다고 생각하면 곤란하다.

공부는 언제 시작해도 늦지 않다. 어떤 상황에서도 우리를 더욱 높은 단계로 끌어올려주는 것이 공부다. 그러므로 늦다, 이르다 타령은 접어두고 일단 공부에 뛰어들고 볼 일이다. 배우는 기쁨은 경험해보지 않은 사람은 아무도 모른다.

성현들도 공부의 결과인 지식에 집중하지 말고 공부 자체를 목적으로 삼으라고 충고한다. 진정한 공부의 목적은 공부 자체를 생활화 혹은 습관화하는 것이다.

'공부' 하면 가장 먼저 떠올리는 명언인 《논어》의 '학이시습(習)지'를 살펴봐도 알 수 있다. "배우고 때때로 익히면 또한 기쁘지 아니한가?" 이 구절은 공부와 습관(혹은 되풀이)이 벗하고 있다. 즉 공부에 있어 가장 중요한 요소가 어느 만큼의 지적 성취를 이루었느냐 하는 게 아니라 학습 습관을 꾸준히 이어가는 것이라는 점을 역설하고 있다.

이러한 관점은 학문하는 사람으로서는 당연한 일이다. 진정한 공부는 뛰어난 기억력과 지식으로 시험에 합격하는 것과는 별 상관이 없다. 오히려 삶의 태도와 연관이 있다. 유럽에서 가장 똑똑한 사람 가운데 한 명으로 통했던 몽테뉴도 '똑똑한 머리'와 공부의 상관관계를 부인했다.

"내가 좀 배운 사람이긴 하지만, 그러나 나는 기억으로 간직하는 데는 영 젬병이다."

- 《수상록2》

망각은 진정한 학인(學人)을 만드는 가장 중요한 요소다. 망각 덕에 꾸준히 학습에 매진하고 타인 앞에서 겸손할 수 있다. 망각이라는 인간의 약점이 좋은 습관을 만들고, 그 습관이 훌륭한 태도까지 만드는 것이다.

　요컨대 '머리'에만 의지하는 공부는 결국 사람을 망친다. 오히려 나쁜 머리가 진짜 지성인을 만든다. 몽테뉴는 아둔한 머리 덕에 성실하고 겸손한 인품을 지니지 않았을까?

　우리도 마찬가지다. 특정 기간의 성과에 집착하는 마음을 버리고 삶을 변화시키고 '나'를 다스리는 방편으로 배움의 길을 가야 한다. 그것이 지혜에 이르는, 멀지만 가장 빠른 길이다.

외국어 교육,
빠를수록 좋다?

"欲速, 則不達……."
"빨리 하고자 하면 달성하지 못하고……."
- 〈자로17〉

외국어 학습에 뒤처지는 아이들의 공통점

조기교육 하면 으레 영어와 수학을 떠올린다. 대부분의 부모들이 '경험상' 두 과목이 가장 어렵고 중요하다고 판단하기 때문이다. 한 발이라도 먼저 시작하면 남들보다 앞설 수 있다고 믿는다. 정말 그럴까?

우선 영어 혹은 외국어만 놓고 이야기하자면 우리보다 먼저 외국어 교육에 매진한 국가의 전문가들은 다른 이야기를 한다. 독일이 대표적이다. 독일은 유럽에서도 비교적 일찍 이민을 받아들였다. 이주 노동자 가족에게 독일어를 가르치면서 외국어 교육에 대한 많은 노하우를 쌓았다. 그들이 내린 결론 중의 하나다.

모국어가 서툰 아이들이 외국어에서도 밀리는 이유는 자신감 부족 때문이다. 자기를 표현하고 이해시키기 힘들다 보니 자연스럽게 주눅이 드는 것이다. 이렇게 쭈뼛거리면서 뒤로 빼는 아이는 외국어도 쉽게 배울 수 없다.

독일에서 이주민들의 아동을 가르치는 사람들에 의하면 터키 출신 아동 가운데 쿠르드족이 가장 힘들다고 한다. 쿠르드족 아동은 대부분 터키어와 쿠르드어를 동시에 사용한다. 두 언어를 동시에 익히는 까닭에 어느 한 언어도 자신 있게 구사하지 못한다. '모국어' 실력 부족이 외국어(독일어) 습득에 소극적인 태도를 취하게 만든다.

우리 아이들은 어떤가. 영어와 중국어를 동시에 배우는 아이들도 적지 않다. 엄마들 중에는 한국말은 언제라도 배울 수 있으니 우선 영어부터 마스터해야 한다고 믿는 이들도 많다. 학교에 들어가서도 우리말에 대해서는 정상적인 언어보다 외계어에 더 자주 노출된다. 사실 외계어가 횡행하는 현상 자체가 지나친 조기교육으로 국어에 대한 자긍심과 애정을 잃은 결과라고 해도 무방하다.

우리는 하나를 얻기 위해 나머지 아홉을 잃어버리는 우를 범하고 있다. 모국어에 서툴면 외국어 습득은 물론 모국어로 전달되는 모든 지식을 더디게 흡수할 수밖에 없다. 이와 관련해 흥미로운 연구 결과가 있다.

신경정신 전문의들에 따르면 대부분의 정신과 의사들이 조기교육을 반대한다. 특히 외국어 조기교육을 반대한다. 아이들이 경쟁에서 앞서나가길 바라는 부모들의 바람과 정반대의 결과를 낳기 때문이다. 즉 "모국어가 탄

탄하지 않은 상태에서 외국어에 노출되면 독서 집중력이 떨어지고 학습능력도 뒤처진다"는 것이다. 신경정신 전문의들은 아이들이 너도 나도 조기교육으로 내몰리는 것은 학습효과 때문이 아니라 부모들의 지나친 경쟁심 때문이라고 '진단'했다.

역사를 살펴봐도 모국어의 중요성은 쉽게 알 수 있다. 어린 시절뿐 아니라 성인이 된 후에도 모국어를 능란하게 사용하는 사람들이 많은 성과를 낸다.

우리말과 우리글을 사랑했던 유학자, 이황

우리 역사에서 모국어에 가장 성실했던 사람은 퇴계 이황이다. 그는 조

선 전체를 통틀어도 몇 손가락 안에 꼽히는 '우등생'인데, 그의 중요한 학습 비결은 완벽할 정도의 정확한 우리말 구사였다. 그가 정확한 우리말 구사에 마음을 쓴 이유는 옛 성현들의 공부하는 태도에서 비롯되었다.

옛 성현들의 공통적인 특징은 '여러 번 읽기'를 했다는 것이다. 대강 훑고 마는 책이 있었는가 하면 어떤 책은 외운 뒤에도 다시 펼쳐들고 읽고 또 읽었다는 말이다. 이황도 마찬가지였다.

"책이란 정신을 집중해서 수없이 반복해서 읽어야 한다. 한두 번 읽어보고 대충 그 뜻을 알았다고 해서 그냥 덮어버리면 자기 몸에 충분히 배어나지 못할 뿐만 아니라 마음속에 간직할 수 없게 된다. …… 서둘러 읽어서 그냥 넘겨버리면 책을 읽어도 별로 소득을 얻을 수 없다."

설사 어떤 책을 달달 외운다 하더라도 생각하며 읽지 않으면 헛일이다. 즉 숙독이 필요하다는 뜻. 이황의 제자 김성일은 선생의 가르침을 이렇게 전한다.

"'비록 1,000편의 글을 외우고 머리가 희어지도록 경전을 이야기한들 무슨 도움이 되겠는가'라고 (선생께서) 말씀하셨다."

그는 누구보다 깊이 책에 파고들었다. 그 과정에서 그는 원문을 정확한 우리말로 옮기려고 애썼다. 한국말과 꼼꼼히 대조해서 가장 정확한 표현을 찾아냈다. 이를테면, 《논의석의》에서 그는 '없음이니라'와 '없게 할지니라', '없게 함이니라'라는 표현을 구분해서 썼다. 그 정도로 토시 하나까지 가리고 따져서 썼던 것이다. 퇴계는 이처럼 엄정한 태도를 바탕으로 중국인들이 중국말로는 이를 수 없는 부분에까지 전진할 수 있었다. 말하자면 중국어에는 없는 풍부한 조사와 정확한 시제까지 갖춘 한국어로 무장한 퇴계가 그 허약한 고리를 단단하게 고정시키거나 수정했던 것이다. 또한 중국말로는 표현이 안 되는 혹은 굳이 드러낼 필요가 없어 진전하지 못한 부분을 모국어라는 무기로 개척해나갔다. 결국 퇴계는 중국의 이학을 조선 성리학으로 발전시켜 조선 선비들의 자부심을 세웠다.

사족을 달자면, 퇴계의 모국어 사랑은 여러 저서로 증명된다. 우선 우리말로 한자 낱말을 풀이한 《어록해》를 남겼고, 《사서》와 《삼경》에서 어려운 문장을 가져와 우리말로 해석한 《사서석의》, 《삼경석의》를 썼다. 요컨대 퇴계는 훈민정음을 가장 적극적으로 활용해서 가장 정확한 우리말을 구사하려고 노력한 '한문학자'였다.

모국어를 잘해야 공부도 잘한다

모국어 혹은 토속어의 힘이 가장 뚜렷하게 드러난 역사는 바로 중세를 끝낸 르네상스였다. 르네상스는 모국어의 승리라고 해도 과언이 아니다.

르네상스 초기, 앙브로아즈 파레(Ambroise Pare, 1510~1590)라는 프랑스 의사가 책을 한 권 발간했다. 그런데 출간 직후 파리대학 의과대학 교수단으로부터 맹렬한 비난을 들었다.

"아니, 프랑스어로 책을 내다니! 그게 학자로서 할 짓이오?"

당시 유럽 귀족들은 라틴어를 썼다. 지방의 이름 없는 귀족들은 상당히 힘들어했지만, 책을 쓸 때도 반드시 라틴어를 사용했다. 프랑스의 경우 1501년에 발간된 책 가운데 80권이 라틴어였고, 프랑스어로 쓴 책은 8권이었다. 16세기 내내 프랑크푸르트 도서전시회의 주류를 이룬 것은 라틴어로 쓴 책이었다. 플랑드르어, 독일어, 영어를 쓰는 나라에서도 라틴어를 사용했다.

그 결과 지식은 수도원의 벽에 갇혀 밖으로 나갈 수 없었다. 지식은 일부에서만 통용되는 사치품 정도로 인식되었다.

종교 개혁과 르네상스는 고대의 지성을 깨웠고, 동시에 유럽 전역의 토착어를 중앙 무대로 불러왔다. 사람들은 자국어로 된 책과 성경을 읽기 시작했다. 이는 곧 학문과 문화의 중흥을 불러왔다. 모국어의 승리였다.

흔히 중세를 암흑시대라고 하는데 그 기간은 1,000년에 가까웠다. 그 짙은 어둠을 걷어낸 거대한 손길 중의 하나가 토착어 활용이었다. 토착어를 존중하고 널리 사용한 데서 암흑시대를 끝낸 저력이 나왔다.

세계화 시대 운운하며 외국어 교육을 강조하지만 한 국가의 근본적인 저력은 오히려 모국어에 있다. 중세의 역사가 증명하는 바다.

　요즘 아이들은 외국어를 우리말처럼 구사하려고 노력하는 사이 정작 우리말은 외계어로 만들어버렸다. 일선 교사들은 아이들이 말귀를 못 알아듣는다고 한탄한다. 이를테면 요즘 아이들은 '이거 했으면 좋겠다'는 완곡한 표현을 '안 해도 된다'는 뜻으로 받아들인다. 단답식의 짤막한 말은 곧잘 알아듣지만, 부연 설명이 길어지면 핵심을 파악하지 못하기 일쑤다. 과거처럼 할아버지, 할머니, 고모, 삼촌 등 다양한 연령대의 가족 구성원과 대화할 일이 거의 없는데다 문자나 카톡으로 짧게 끊어서 이야기하는 데 길들여진 때문이다. 이런 학생들이 학교나 학원에서 교사들의 말을 제대로 알아들을 리 없다. 모국어가 선행되지 않는 한 어떤 교육도 '조급교육'으로 전락하고 마는 셈이다.

《논어》 〈팔일편〉에 '회사후소(繪事後素)'라는 말이 있다. "그림을 그리는 일은 흰 바탕이 있은 뒤에"라는 말이다. 바탕이 중요하다는 뜻이다.

공부의 바탕은 바로 모국어라고 해도 과언이 아니다. 외국어로 내 생각을 타인에게 전달할 수는 있어도 사고를 고양하고 깊이 있는 지혜를 터득하기는 어렵다. 외국어를 아무리 잘해도 수준 높은 공부를 하는 것은 왼손잡이가 오른손으로 젓가락질을 하는 것만큼 어색하고 힘들기 때문이다.

논어

셋

논어

시험을
말하다

物을 兩이 不블 可가 遺

物을 ... 聽

시험은
까막눈이다

"天將以夫子爲木鐸."
"하늘은 공자를 (세상의 도를 바로잡는) 목탁으로 삼으려는 것입니다."
– 〈팔일24〉

공자가 '또' 떨어졌다. 직업란에 써놓을 관직이 공란이 된 지 오래되었던 모양이다. 제자들은 탄식했다.

"우리 선생님 같은 천하의 인재를 몰라보다니!"

입사 시험에 떨어진 요즘 사람들이 하는 말과 비슷하게 들린다.

공자 자신도 번번이 면접에서 고배를 마시는 것을 두고 장탄식을 했다.

子曰: "苟有用我者, 朞月而已可也, 三年有成."

공자께서 말씀하셨다. "만일 나를 써주는 사람이 있다면 1년이면 규모가 갖추어져 볼 만할 것이고, 3년이면 효과가 크게 나타날 것이다."

- 〈자로10〉

의(儀)라는 곳의 변방을 지키는 관원이 공자를 만났다. 오랫동안 대화를 나눈 뒤 밖으로 나와 제자들에게 이렇게 말했다.

"二三子何患於喪乎? 天下之無道也久矣, 天將以夫子爲木鐸."
"그대들은 (공자가) 관직을 잃은 것을 뭘 그리 걱정합니까? 천하가 무도해진 지가 오래되었습니다. 하늘은 공자를 (세상의 도를 바로잡는) 목탁으로 삼으려는 것입니다."

'목탁'. 시험에 좌절한 이들에게 얼마나 아름다운 말인가!
공자 같은 사람도 시험에 덜컥덜컥 붙지 못했으니, 다른 사람들이야 더 말해 무엇 할까. 인간이라면 누구나 시험에 좌절하기 마련이다. 하지만 이런 시험으로는 공자 같은 인재도 찾아내지 못했으니, 이것만으로도 삶의 용기를 얻을 수 있지 않을까?

이백과 두보 "시험을 시험하고 싶어라!"

어느 해, 모 취업전문업체에서 시험에 떨어진 경험이 있는 구직자들을 대상으로 설문조사를 했다. 그 결과 실력이 부족해서 떨어졌다고 인정한 사람은 겨우 28퍼센트에 불과했다. 나머지는 회사가 자신의 진가를 알아주지 못해서(26.7퍼센트), 이력서나 면접 과정에서의 사소한 실수 때문에(17.3퍼센트), 심지어는 운이 없어서(4.6퍼센트)떨어진 것 같다고 밝혔다.
그러나 어른들 앞에서 이런 이야기를 늘어놓았다간 십중팔구 "정신 차려!" 같은 일갈이나 들을 게 뻔하다.

하지만 그렇게 몰아붙이기만 할 일은 아니다.

'천하절색' 양귀비를 옆구리에 끼고 살았던 당나라 현종 시절, 한 호걸풍의 시인이 조성의 부름을 받고 벼슬살이를 하러 구중궁궐을 향해 달려가고 있었다. 그는 도사 오균(吳筠)의 추천으로 황제를 알현할 기회를 얻은 이백(李白, 701~762)이었다. 구직활동을 시작한 지 18년 만의 성과였다.

그간의 고생은 이루 말로 다할 수가 없었다. 과거제가 시행되고 있었지만, 아직 제대로 장착되기 이전이라 시험을 통과한다 해도 가문과 '빽'이 받쳐주지 않으면 출세할 수가 없었다. 가문도 변변치 못한 무명의 건달 이백은 우선 초당 시대에 재상을 지낸 허어사의 손녀와 결혼했다. 일단 명문가의 사위가 되어야 구직 활동이 수월해질 것이기 때문이었다. 허가의 사위가 된 이백은 구직활동에 본격적으로 뛰어들었다. 요즘으로 치면 정관계의 유력 인사들에게 자기를 소개하는 글을 올리고, 발이 닳도록 찾아다닌 것이다. 그러나 그의 구직활동은 별 소득을 얻지 못했다.

결국 그는 도사·선인들의 세계로 뛰어들어 그들 사이에서 명성을 얻는 방법을 택했다. 다행히 이 방법은 성공했다. 사람들의 마음을 끄는 타고난 매력과 선인·도사의 풍모에다 뛰어난 시재(詩才)가 어우러져 명성을 얻기 시작한 것이다.

그리하여 그의 이름은 드디어 도성에까지 알려지게 되었고, 도사 오균이 그를 천거하기에 이르렀다. 그의 나이 마흔두 살이었다. 스물다섯 살에 고향을 떠나 수많은 면접에서 물을 마시다가 드디어 17년 만에 취직에 성공했다. 천하에 둘도 없을 대시인이 그 긴 세월 동안 면접에서 떨어진 것이었다. 그러니 "면접 과정에서의 사소한 실수 때문에 떨어졌다!"는 말을 믿어줘야 되지 않을까? 천하의 이백도 17년이나 물을 먹었는데.

지독하게 운 없는 응시자는 또 있었다. 역시 현종이 천하를 다스리던 당나라 시대의 인물이다. 30대의 한 청년이 '천하에 한 가지라도 재주가 있는 사람을 뽑는 시험'에 응시했다. 그는 일곱 살 때 시를 지었고, 성장한 뒤에는 낙양 귀족들의 사교장에 출입하여 시재를 인정받은 바 있는 인물로, 이름은 두보(杜甫, 712~770)였다.

'천하에 한 가지라도 재주가 있는 사람을 뽑는 시험'에 응시한 이 위대한 시인은 어떤 결과를 얻었을까? 어이없게도 낙제였다. 두보뿐 아니라 시험에 응시한 사람 모두 고배를 마셔야 했다. 이때 재상 자리에 있던 이임보(李林甫)는 "야에 유현(遺賢)이 없다(민간에 묻혀 있는 현인이 없다)"라고 말했다. 즉 현종 황제의 치세에는 재능이 있는 자들이 모두 조정에서 일하고 있다는 말이었다. 아부였다. 선비란 세상이 어지러우면 조정에서 물러나 낙향을 하기 마련인데, 모두 조정의 관직을 얻어 일하고 있으니 황제가 정치를 무척이나 잘하고 있다는 말일 터였다.

눈 먼 채점관들과 어리석은 재상 덕분에 중국 역사에 다시 없을 시재(詩才)가 그 재주를 인정받지 못하는 코미디가 벌어진 것이었다. 두보는 이로부터 8년 뒤에야 우위솔부(右衛率府) 주조참군(胄曹參軍)이라는 무기고 관리직을 겨우 얻었다. 그러니 "회사가 저의 진가를 알아주지 못했습니다!" 하는 변명(?)을 그냥 무시할 수만은 없지 않을까? '한 가지 재주라도 있으면~' 운운하며 시험을 실시한 정부 관리들이 시성(詩聖)의 시재(詩才)를 못 알아본 일도 있는데.

이백과 두보는 서로 만난 일이 있다. 중국 역사상 가장 위대한 세 시인 중 두 사람이 동시대를 살았고, 만나서 교유를 한 것이다. 중국의 시인이자 학자인 문일다(聞一多, 1899~1946)는 이 사건을 두고 "창공에서 해와 달이 만난 일"이라고 평했다.

그러나, 위대하면 뭘 하나? 시대가 위대하지 못한 것을. 사람 좋기로는 따를 자가 없었던 이백은 17년이나 면접에서 물을 먹었고, 시재로 치자면 중

국 역사에서 두 번째 자리에 세워도 서러울 두보가 '한 가지 재주라도 있으면 된다는 시험조차 통과하지 못한 것이다. 이는 그야말로 하늘의 '해와 달'이 뚝 떨어진 것과 같겠다.

그러니 성적이 조금 떨어졌다고 실망할 일이 아니다. 시험이 실력을 제대로 검증하지 못했을 뿐, 노력은 언젠가는 성과를 내기 마련이다.

나이 마흔에 낙방, 집에도 못 가겠고……

아무리 큰맘 먹고 살아도 학생에게 시험보다 더 큰 고난은 없다. 시험에 울고 웃는 것을 넘어 최악의 나쁜 선택을 하는 경우도 생겨난다. 그만큼 시험이 차지하는 비중이 크다는 뜻일 것이다.

조선도 시험의 나라답게 정사와 야사를 막론하고 시험과 관련된 이야기가 많다. 그중에 추사 김정희에 얽힌 야사가 하나 있다.

추사에게 지독하게 운 없는 친구가 있었다. 실력은 좋았지만 어찌 된 영문인지 번번이 과거에 낙방했다. 사십대에 '이젠 마지막'이라고 선언하고 응시한 시험에도 낙방했다. 그는 추사의 집을 찾아갔다. 마지막으로 친구 얼굴이나 한 번 보고 집으로 가자는 생각에서였다. 그는 말했다.

"더 이상 과거는 보지 않을 거야. 나 원 참, 민망해서……. 시험 정말 어렵군. 누굴 탓하겠나, 내 실력이 이것밖에 안 되는데."

추사는 그런 친구를 진심으로 위로하며 격려했다.

"힘내게. 나이 들어 벼슬을 시작해서 정승이 된 분들도 많네."

그는 추사의 적극적인 위로에도 마음을 돌이키려 하지 않았다. 초야에 묻힐 작정인 모양이었다. 아까운 인재라고 생각한 추사는 궁리 끝에 묘수를 하나 생각해냈다.

"며칠 후면 순조 임금의 장인인 김조순(金祖淳, 1765~1832) 대감이 시회(詩會)를 연다고 하더군. 내가 거기서 자네를 세도가들에게 소개해줄 테니, 한번 따라와 보게."

며칠 후 추사는 시회가 열리는 정자 앞에서 우연히 친구를 만난 척하며 도저히 그냥 보내지 못하겠다는 듯 그를 세도가들 앞으로 데려왔다. 정자에 앉혀놓고 입에 침이 마르도록 그를 칭찬했다. 추사의 말에 솔깃해진 김조순은 그에게 시를 몇 수 짓게 했다. 과연 추사의 말대로 뛰어난 시가 술술 흘러나왔다.

김조순은 시회가 끝날 무렵 그를 살짝 불러 다음 시회에도 참석할 것을 부탁했다. 또한 그동안 자신의 사랑방에서 묵으라고 했다. 그는 얼마 후 열린 시회에서도 뛰어난 실력을 뽐냈다.

관리들 사이에 이름을 알리고 나니 과거 합격은 순풍에 돛을 단 것이나 다름없었다. 김조순의 총애를 받는다는 소문도 돌았다. 그는 그해 겨울 황감별시에서 급제했다.

추사의 위로로 용기를 얻어 '마지막' 과거에 도전한 이의 이름은 권돈인(權敦仁, 1783~1859)이었다. 추사의 '예언'대로 나이 사십 줄에 벼슬길로 나섰지만 영의정에까지 올랐다.

어떤 시험에서 자신의 전부를 증명하지 못했다 할지라도 실망할 필요는 없다. 세상에는 추사처럼 사람을 볼 줄 아는 현자가 많다. 실력을 갈고닦으면 언젠가는 세상이 당신의 노력에 응답할 것이다. '조금' 늦더라도.

전국 수석 세 명 배출한 선생님이 과거에 낙방하다

요즘은 덜해졌지만 얼마 전까지만 해도 대학 합격자 발표가 나면 교문에 현수막을 내거는 고등학교가 많았다. 거기에는 명문대에 진학시킨 학생의 숫자와 이름이 나열돼 있었다. 만약 전국 수석을 세 명이나 배출한 학교나 학원이 있다면? 아마 위성에서도 보일 정도로 큼지막한 현수막을 걸었을 것이다.

조선 중종 때 그런 서당이 있었다. 이 서당의 '교사'는 이세정(李世貞, 1461~1528)이었다. 그가 가르친 '학생' 가운데 김세필(金世弼, 1473~1533), 김

안국(金安國, 1478~1543), 사재 김정국(金正國, 1485~1541) 등이 과거에 수석으로 합격해 벼슬길에 올랐다.

　기이한 것은 이세정의 과거 성적이었다. 제자들이 수석으로 척척 붙는데도 막상 본인은 언제나 고배를 마셨다. 보다 못해 제자들이 힘을 써 스승에게 자리(청양 수령)를 만들어줬을 정도다.

　제자들이 척척 붙는 시험에 스승이 불합격한 것을 보면, 시험이 사람의 능력을 정확하게 평가하는 것은 아닌 듯하다. 이세정은 훗날 과거에 합격해 '당당하게' 벼슬을 살았지만, 그렇다고 해서 과거시험 제도의 허점을 덮긴 힘들어 보인다.

또 다른 추측도 가능하다. 그의 독특한 교수법이 제자들을 자신보다 뛰어난 창의력과 집중력을 발휘하게 했을 수도 있다는 것이다. 아는 것과 가르치는 것은 다르다. 그는 자신이 아는 것을 주입하는 것보다 제자들이 서로 토론하고 연구해서 더 깊은 지식을 터득하도록 도와주는 데 탁월한 재주가 있었던 것인지도 모른다.

이런 추측을 뒷받침하는 이야기가 남아있다. 그는 관직에 나선 지 1년 만에 서울로 다시 돌아와야 했다. 꼬장꼬장하기 이를 데 없는 충청도 관찰사 최숙생이 그의 고과성적을 '전'(殿)으로 매겼기 때문이다. '전'이란, 고을을 다스리는 능력이 탐관오리 수준이라는 것이었다. 그때 그가 제자들에게 늘어놓았던 하소연에 그의 평소 성품이 드러나 있다.

"내가 청양에 내려가 보니 군청 안에 여섯 명의 도둑이 있어서 아무리 나 혼자 깨끗해도 그놈들 때문에 백성들이 견딜 수가 없었다네."

이세정은 분명 딱딱하거나 엄한 사람은 아니었던 듯하다. 아전들이 '말랑하게' 보고 제멋대로 굴었던 것에서 알 수 있듯, 그는 제자들에게도 회초리를 들고 주입식으로 공부를 시키기보다 자유롭게 풀어놓고 서로 묻고 따지면서 공부하게 하지 않았을까? 교실에 들어가 보지 않았으니 정확히 알 수는 없지만.

* 고과(考課) – 관원의 근만(勤慢)과 공과(功過) 등을 사정(査定)하여 표폄(褒貶)하는 인사행정(人事行政)으로, 매년 이조(吏曹)·병조(兵曹)에서 두 차례의 도목정사(都目政事)로 실시되었다.

말 못해서 탈락한 이가 국민 웅변가로

위의 사례들을 보면 알 수 있듯이 시험과 관련해 가장 애석한 부분은 과연 시험이 옥석을 가리는 데 얼마만 한 실효성이 있느냐 하는 것이다. 동서양을 막론하고 시험이 가려내지 못한 인재들은 너무도 많다.

1951년 보스턴신학대학원 박사 과정에 한 흑인이 지원했다. 그는 입학 자격시험(GRE) 점수가 신통치 않았고, 구두 적성 시험에서도 평균을 밑도는 점수를 받았다. 이 '낙제생'의 이름은 마틴 루서 킹이었다. 다행히 입학을 허락받았지만, 그가 위대한 연설가가 될 것으로 예상한 교수는 한 명도 없었다.

마틴 루서 킹에게 입학 자격시험은 사실 '사소한' 것이었다. 오히려 가장 큰 시험은 삶 자체였다. 대중들은 그의 일거수일투족에 '최고 구두 적성 점수'를 부여해주었다.

'작은' 시험에 쓴잔을 마셨다 해도 의기소침할 이유가 없다. 포기하지 않는다면 그 의지에 큰 점수를 줄 '대중'은 반드시 있을 것이므로.

위대한 탄생? 오디션은 쓸모가 없다!

어느 분야의 대가들은 결코 '시험'을 믿지 않는다. 한 대상을 오랫동안 지켜보면서 장점과 단점을 파악한다. 단시일 내에 판가름을 내는 시험의 한계를 잘 알기 때문이다.

《욕망이라는 이름의 전차》(1951), 《에덴의 동쪽》(1955) 등을 연출한 엘리아 카잔(Elia Kazan, 1909~2003)도 그런 인물이었다. 그는 종종 말했다.

"오디션은 별 쓸모가 없다."

그가 오디션을 '경멸'한 이유는 간단했다.

"배우의 자질은 금방 겉으로 드러나지 않기 때문이다."

그는 배우를 지도하는 데 있어 역사상 가장 위대한 실력자 중의 한 명이었다. 그가 배우를 조련할 때 가장 요긴하게 썼던 방법은 대화였다. 배우의 입장에서는 차를 한잔하면서 이런저런 이야기를 나눈 것에 불과했지만, 그는 이를 통해 배우의 모든 것을 파악했다. 이 자료는 실제 연기에서 훌륭한 지도지침으로 활용됐다.

비틀스나 서태지도 오디션 무대에서는 스타성을 인정받지 못했다. 그 외에도 연예인으로서 성공했지만 오디션에서는 죽을 쑤기 일쑤였던 이들은 얼마든지 있다.

최근 텔레비전에서 진행되는 오디션 프로그램은 단번에 모든 것을 끝내지 않는다는 점에서 카잔과 같은 호흡이 긴 오디션을 연상시킨다. 그래도 온전한 '카잔 스타일'은 아니다. 카잔은 그보다 더 깊은 눈길로 더 오랫동안 오디션 지원자를 살폈다.

인간에게 오디션 기간은 인생 그 자체다. 셰익스피어와 같은 날 죽은 (1616. 4. 23) 세르반테스는 셰익스피어가 은퇴를 생각할 나이쯤에 오디션의 문턱을 넘어섰다. 세르반테스가 오디션을 일찌감치 포기했더라면 지금 그의 이름을 아는 사람은 아무도 없을 것이다. 셰익스피어도 비교적 이른 나이에 1차 오디션을 통과했지만 중간에 게으르게 살았다면 지금만큼의 명성을 얻기는 힘들지 않았을까?

모든 '위대함'은 단기간의 테스트가 아니라 오랜 세월에 걸쳐 삶의 무늬가 되어 나타난다. 금방 드러나지 않지만 결코 지워지지 않는 무늬. 나무의 나이테가 나이를 일려준디면 우리 삶의 무늬는 우리가 얼마나 위대한가를 드러낸다.

시험보다 더 큰 기회를 잡는 법

"요사이 아기들 데리고 어찌 계신가. 기별을 몰라 걱정하네. 나는 오늘에야 상주를 떠나네."

400여 년 전, 현풍 선비 곽주가 과거를 보러 가는 길이었다. 그는 집에 남은 아내에게 편지를 썼다. 때는 9월 초순. 그는 집안의 대소사를 걱정하는 마음과 함께 과거 보러 가는 길에 양식이 부족해 누군가에게 꾸었다는 이야기까지 소상한 노정기를 전했다.

그런데 편지 말미에 다소 의외의 구절이 눈에 띈다.

"화분들을 내 방 창밖의 마루에 얹어서 서리를 맞게 하지 마소."

아내와 자식의 안부를 묻는 것으로 시작한 편지는 이렇게 꽃 걱정으로 편지를 맺었다.

조선 학인(學人)들의 풍부한 정서가 감동스럽다. 화초와 짐승을 좋아하는 사람치고 나쁜 사람이 없다는 것은 널리 통용되는 상식이다.

이처럼 풍부한 정서가 낳은 재미있는 에피소드도 있다. 성종 임금 때였다. 꽃을 노래해 벼슬을 얻은 사람이 있었다.

임금이 하루는 창덕궁 후원을 거닐다 봄볕에 겨워 시를 한 수 썼다.

푸른 옷감으로 봄 버들을 만드니
붉은 옷감은 이월의 꽃을 만드네

다음 구절이 머리에 도저히 떠오르지 않았다. 궁리에 궁리를 거듭하다 반만 쓴 시를 정자 기둥에 붙여두고 자리를 떠났다. 며칠 후 다시 와보니 시가 완성돼 있었다.

대신들을 시켜 봄빛을 다투게 한다면(若使公侯爭此色)
평민의 집에는 채 봄이 가지도 못하리(韻光不到野人家)

성종은 저도 모르게 무릎을 탁 쳤다. 기막히게 마무리를 했구나 싶어서였다. 성종은 자신의 시를 완성한 이를 찾았지만 내시나 신하 중에는 없었다. 성종은 문지기를 불러 근자에 다녀간 사람이 없는지를 물었다. 그러자 문지기가 머리를 조아렸다.

"황송하옵니다. 전하가 쓰시던 시인 줄도 모르고, 제가 구절을 붙였습니다. 죽을죄를 지었습니다."

성종은 문지기가 그 글을 썼다는 말을 듣고 내심 깜짝 놀라 그에게 이것

저것 물었다.

그의 이름은 귀원으로, 영월 사람이었다. 과거를 보러 왔다가 낙방을 하고 가족을 볼 면목이 없어 내년 시험에 다시 응시하기 위해 한양에 머무르고 있는 중이었다. 문지기는 호구를 해결하기 위해 얻은 일자리였다. 성종은 그에게 "내가 자리를 하나 마련해줄 테니 문지기를 그만두고 학문에 정진하라"고 명했다. 그리고 시 친구가 필요할 때마다 그를 불러 같이 시를 지으면서 즐겼다.

큰 시험을 앞두고도 꽃의 안위를 당부하는 선비와 꽃에 관한 시 한 수에 감동해 벼슬을 내린 임금. 그네들의 정서적 풍요가 부럽다. 콩나물시루 같은 교실에서 밤낮없이 공부에만 매달리는 입시생들, 그들은 가을 서리에 꽃이 지는 것을 걱정할까? 그들의 '걱정 없음'이 걱정스럽다.

커닝 NO!
벼락치기 YES!

"雖有智慧, 不如乘勢; 雖有鎡基, 不如待時."
"출중한 지혜를 갖는 것보다 유리한 기회를 잡는 것이 낫고, 좋은 농기구를 갖는
것보다 적절한 농사철을 기다리는 것이 낫다."
-《맹자》〈공순추 상〉

'벼락치기'를 안 좋게 이야기하는 교사들이 많다. 부모님들도 마찬가지다.
"평소에 열심히 하라"는 지침을 하달한다. 물론 좋은 이야기다. 평소에도 열
심히 하고 시험기간에 더 열심히 한다면.

하지만 '평소'에 집착하다 보면 의외로 시험기간을 놓칠 수 있다. 시험
기간에 얼마나 공부하느냐가 성적에 엄청난 영향을 미친다. 성적 때문
에 고민인 학생들에겐 얄밉겠지만 시험기간에만 열심히 해서 명문대에
간 친구들도 의외로 많다. 평소 공부가 마라톤이라면, 시험기간은 100미
터 달리기다.

삶은 단거리와 장거리를 번갈아 뛰는 경주다. 마라톤이 인생과 더 닮았
다고 해서 100미터는 전혀 고려할 필요가 없을까? 아니다. 삶이 어떤 '목

적'(Goal)을 쫓아가는 일의 반복이라고 한다면, 천천히 뛰기만 해서는 목적을 달성할 수 없다. 말 그대로 '골'을 넣으려고 애쓰는 축구선수들은 상황에 따라 천천히 뛰기도 하지만, 전력으로 질주하거나 걸으면서 쉬기도 한다.

폭풍 같은 순간의 질주나 동작은 경기에 엄청난 영향을 미친다. 삶도 마찬가지다. 삶은 하나가 아니라 다양한 국면을 가진다. 삶의 한 가지 면만 고집하는 것은 분명 지혜로운 태도가 아니다. 우리는 마라톤과 100미터 모두 중요하다는 사실을 염두에 두어야 한다.

다음은 '벼락치기' 혹은 10초 남짓한 짧은 순간의 질주로 그 어떤 마라토너보다 큰 성과를 일군 사람들의 이야기다.

한나절 벼락치기로 노벨상을 딴 킬비

첫째로 소개할 사람은 이름은 몰라도 그 사람의 '작품'은 누구나 알 만한 인물이다. 바로 《천자문》을 만든 주흥사(周興嗣)다. 그는 중국 양나라 무제 때 사람으로 큰 죄를 짓고 감옥에 갇혔다. 무제는 다른 신하에게 왕희지의 글에서 본인이 제일 좋아하는 글자 1,000자를 뽑으라고 한 다음 주흥사에게 "하룻밤 사이에 1,000자로 된 시를 쓰라"고 명했다. 못 쓰면 죽일 기세였다. 주흥사는 밤을 새워 천자문을 완성했다.

그는 말 그대로 온몸의 에너지를 다 소모시켰던 모양이다. 얼마나 이 글짓기에 몰두했는지, 다음 날 시를 완성하고 보니 머리가 백발이 되어 있었다.

이렇게 하룻밤 사이에 완성한 1,000자의 시는 1,500년 동안 아시아 전역에서 한문 교과서로 널리 애용되었다. 단 하룻밤을 투자해 쓴 작품이 1,000년을 넘게 사랑받는다는 건 기적이다. 벼락치기도 이런 벼락치기가 없다. 지성계에서 주홍사보다 더 뛰어난 100미터 선수는 없을 듯하다.

주홍사만큼은 아니지만 입이 쩍쩍 벌어지게 만드는 지성계의 스프린터는 무수하다. 그중에는 노벨상 수상자도 있다.

1958년, 한 젊은이가 텍사스의 인스트루먼츠 사에 신입사원으로 입사했다. 인턴 기간이 끝나기 전 며칠 동안 그는 혼자 사무실을 지켰다. 전 직원이 여름휴가를 떠났지만 그는 신입이라 휴가를 갈 수 없었다.

개미 방귀소리까지 들릴 정도로 무료하고 조용한 오후였다. 아무 할 일이 없었던 그는 문득 자신이 회사에서 맡은 일을 곰곰이 생각해봤다. 전기공학을 전공한 그는 첨단 컴퓨터 회로에 트랜지스터 회선을 연결하는 작업을 했다. 일일이 사람 손이 가야 하는 일이라 수천 명의 인원이 동원되었다.

그는 이 비효율적인 일을 놓고 혼자 공상에 잠겼다. 사람 손으로 일일이 연결시킬 필요 없이 모든 기능을 한곳에 모으면 어떨까 하고 생각했다. 침묵 속에서 오랜 시간 고민한 끝에 그는 마침내 하나의 부품에 모든 저항기와 트랜지스터와 축전기를 넣는 방법을 고안해냈다. 배선작업을 없앤 획기적인 아이디어였다. 그의 아이디어는 '최초의 (진정한) 컴퓨터 칩'을 탄생시켰다. 오늘날에도 컴퓨터 칩은 킬비가 개발한 기본 설계를 따라 만들어지고 있다.

킬비는 지난 2000년, 젊은 시절의 어느 조용한 오후에 떠올린 아이디어에 대한 보상을 받았다. 노벨상을 수상한 것이었다.

벼락치기, 하면 밤샘을 떠올린다. 대개 그렇다. 밤은 가장 고요한 시간이
다. 설사 음악을 틀어놓고 공부를 하더라도 집중력은 어느 시간대보다 높
아진다. 이런 몰입의 시간은 때로 엄청난 성과를 가져다준다. 칼비가 하루
도 안 되는 시간에 노벨상 아이디어를 떠올린 비결과 상통한다.

산책 한 번으로 노벨상 아이디어 득템!

깊이 있는 대화도 인간의 지성을 놀랍도록 자극한다. 한 시간 남짓한 대화에서 몇 달, 몇 년 공부보다 훨씬 많은 것을 배우는 이들도 있다. 대화가 특별한 형태의 벼락치기로 기능하는 것이다.

"나의 과학 생애는 그 산책에서 시작되었다."

1932년 노벨 물리학상을 수상한 하이젠베르크(Werner Karl Heisenberg, 1901~1976)의 고백이다. 산책을 함께한 이는 1922년 노벨 물리학상을 수상한 닐 보어(Niels Henrik David Bohr, 1885~1962)였다.

두 사람이 만날 당시 하이젠베르크는 대학교 2학년이었다. 그는 학교에서 보어의 학술보고를 들었다. 하이젠베르크는 보어의 강의를 들으며 그의 보고서가 '한 자 한 자 퇴고를 거친 사고의 결정체'라는 것을 느꼈다. 강의 후 질의시간에는 아주 도전적인 질문을 던졌다. 산책은 바로 그 깊은 감명 끝에 나온 질문에서 비롯되었다.

보어는 강의가 끝난 뒤 하이젠베르크를 따로 불러 함께 산책을 했다. 토론을 계속하기 위해서였다. 하이젠베르크는 물리학의 대가와 산책을 하면서 학문에 대한 그의 진지한 태도, 깊이 있는 사고를 느꼈다. 그것이 그를 대가의 길로 이끈 것이다.

우리는 "식사 한번 하죠" 하는 인사를 대수롭지 않게 건네곤 한다. 하지만 한 번의 만남이 때로는 인생을 바꾸기도 한다.

요컨대, 평소에 꾸준히 공부하는 것도 중요하지만 우리 생에 찾아오는 집중의 순간을 외면해서는 안 된다. 모든 순간이 내게 기회란 생각으로 최선을 다해 살아가는 것, 그것이 삶을 성공으로 이끄는 비결일 것이다.

그러나, '벼락치기'와 함께 언급되는 '커닝'은 절대 안 된다. 《논어》에도 커닝과 연결시킬 만한 구절이 있다.

子曰: "人之生也直, 罔之生也幸而免."
공자께서 말씀하셨다. "사람은 정직하게 살아야 한다. 그렇지 않다면 요행히 화를 면하고 있는 것이다."
- 〈옹야19〉

요행을 경험하고 나면 늘 샛길만 찾는다. 열심히 하다 보면 으레 행운이

찾아오기 마련이지만 애당초 요행만 바라고 사는 이에게 무슨 열매가 맺힐 수 있을까? 학창 시절부터 '운'으로 성적을 올려서 좋은 대학에 가는 친구들이 있다면, 그의 앞날은 실패를 보장해놓은 것이나 다름없다. 공자의 말대로 언제든 화를 입을 수 있나.

가장 어려운 시험 과목은?

시험이 이런 한계를 가지는 이유는 시험이 포함하는 영역이 너무 좁기 때문이다. 그 사람의 모든 것을 평가할 수 있다면 분명 훌륭한 선발시험이 될 것이지만, 여러 가지 사정으로 그렇지 못하다.

요임금 시대에 치른 '황제를 뽑는 시험'은 역사상 가장 완벽한 시험이라고 부를 만하다. 다양한 과정을 통해 지성과 인성 모두를 꼼꼼하게 테스트했다. 고대 시대 최고의 시험이었다.

1차는 서류심사였다. 신하들이 여러 사람을 추천했다. 그러나 한 명도 1차 통과를 하지 못했다. 요임금의 아들인 단주는 총명하지만 남에게 벌주는 것을 즐기니 덕이 없고, 공공(共工)은 주위에 사람이 많지만 비뚤어진 마음이 있고, 곤(鯀)은 능력이 있지만 왕명을 거역하고 가족의 친목을 깨뜨렸다는 이유로 탈락했다.

곤 다음으로 물망에 오른 인물은 효자로 소문난 어느 맹인의 아들 순이었다. 그는 덕 없는 아버지와 말 많은 계모, 그리고 교만한 동생에도 불구하고 가족을 화목하게 만들고 가족들로 하여금 바른 길을 가게 했다는 평가를 받았다. 그는 여유 있게 1차 심사를 통과했다. 요임금의 2차 시험은 여자 다스리기였다. 그는 황제의 두 딸 아황과 여영, 두 공주를 아내로 맞았다. 그들은 임금의 딸이었지만, 순에게 순종하여 부녀자의 도리를 다했다. 요임금은 다시 백관을 통솔하게 했다. 그러자 정무가 순조롭게 진행되었다. 그 뒤로 빈객 접대와 치수사업을 맡겼다. 그 일에서도 순은 뛰어난 성과를 냈다.

요임금이 죽은 뒤 그는 벽지로 들어가 살았다. 요임금의 아들 곤이 자신을 원망하고 있다는 사실을 알았기 때문이었다. 그러자 사람들은 단주가 아닌 순을 찾아가 알현했다. 순은 결국 백성의 뜻을 받아들여 황제의 자리에 올랐다.

세상에서 가장 어려운 시험을 통과한 순이 지금 살아와 황제[CEO]의 자질을 가르친다면?

그가 역설할 사항은 다음의 여섯 가지 정도일 것이다.

첫째, 가정을 화목하게 다스릴 것. 둘째, 여직원들의 행실을 바르게 할 것. 셋째, 사업을 진행할 때는 모든 직원들이 일사분란하게 움직이게 할 것. 넷째, 손님을 잘 대접할 것. 다섯째, 직원들의 주머니를 늘 염두에 둘 것(치수사업은 농사의 근본이었다). 여섯째, 욕심을 버릴 것.

수능은 고3 때 한 번 치르고 말지만, 순이 치른 시험은 평생에 걸쳐 시행된 것이었다. 그가 황제의 자리에 오른 결정적인 이유는 제후들이 그에게 인사를 드리러 왔기 때문이었다. 즉, 중도에 실정을 하는 바람에 제후들이 등을 돌렸다면 그의 위상도 산산조각이 났을 것이다. 평생 '부정'이 개입할 수 없는 시험을 치른 셈이다.

삶의 본질을 놓고 보면 우리도 마찬가지다. 삶 자체가 시험이다.

흡어

넷

논어

과잉경쟁을
말하다

戎衣의 兩이 有우 禾는 夫실 天且下하 之 爲위 天천子天괴서 富 니내서 宗종廟묘饗 子天孫손보안거나셔 大미王파王왕李계의文 니 으사호빈戎衣의 몸애 天뎐下하 아니ᄒᆞ사尊존은 四ᄉ海ᄒᆡ人

其權유文

... 인호우豪우者는 ...이王계(繼)爲위 之부

... 우(?)주주메산전이 王 계(繼)爲위 之부

... 기의주土방(方)爲위子조 이 지(?) 之부

... 주子ㅣ述술ㄴ 지니라

... 오서두근심인슈 ㅣ는그오직

... 논우로왕이신ㅁ교왕게로 잇부사

... 뎌시ㄱ토드방으로뻐子조삼오시니

... 우ㅣ배우ㅎ아시놀子ㅣ述술ㅎ시니

라

아무도 이기지
못하는 전쟁

"人不知, 而不慍, 不亦君子乎?"
"남이 알아주지 않아도 성내지 않는 것, 이 또한 군자답지 않은가?"
– 〈학이1〉

"왜 경쟁을 시킵니까?"

"자원도 없는 나라에서, 우수한 인재라도 키워야지!"

맨주먹으로 일어선 나라, 대한민국. 오로지 '사람' 외에는 아무것도 없는 황무지 같은 나라.

이런 생각의 바탕에는 혹독하게 경쟁을 시켜 인재를 키워내지 않으면 언제 빈국으로 전락할지 모른다는 공포가 깔려있다. 혹은 그럴 거라고 위협한다.

그들의 말대로 경쟁은 인재를 기르는 것이다. 인재 중심의 경영만이 살길이라는 말도 일리가 없는 것은 아니다. 문제는 그 인재가 '혼자만 잘하는' 사람인 경우다.

땅이나 자본, 건물이 아니라 사람이 중심이 되어 경제가 돌아간다는 생각은 경영학의 아버지로 통하는 피터 드러커로부터 시작되었다. 그러나 '혼자서만 잘하는 인재'가 최고라는 생각은 오산이다. 아무리 뛰어난 인재도 혼자서 모든 것을 해낼 수는 없다. 얼핏 혼자 성과를 내는 듯한 사람도 사실은 주변의 의견을 묻고 또 물어 일을 완성하는 경우가 대부분이다. 혼자 잘난 사람은 없다.

최근 들어 협업이 강조되면서 이 부분에 강한 사람들이 주목받는 추세다. 특히 여성들의 약진이 두드러진다. 여성들이 '유리 천장'을 뚫고 아랫사람들을 두루 이끄는 자리에 오르는 경우가 많아졌다. 경제 생태계가 변한 까닭이다. 군대처럼 착착 돌아가는 조직보다는 소통하면서 변화에 유연하게 대처하는 조직이 경쟁에서 이긴다. 카리스마보다는 소통 능력이 대세가 된 것이다.

여성성은 경쟁보다는 조화다. 어머니가 자식들에게 바라듯 서로 도와가며 일을 해나가길 바란다. 경쟁은 서로에게 도움이 될 만큼만 허용하는 것이 여성의 혹은 어머니의 마음이다.

커피숍에서 이 잡는 사람들

"내가 자기를 얼마나 사랑하는지 알아요? 이리 와봐요, 머릿니 잡아줄게!"

14세기 프랑스에서 이 잡기는 애정의 표현이었다. 이를 잡는 쪽은 주로 여성이었는데, 하층민은 물론 귀족 여성들도 서슴없이 남편이나 애인의 머리카락을 손으로 헤집었다. 이 잡기는 부부, 연인, 모녀 등 모든 관계에서 애정을 증폭시키는 역할을 했다.

이는 참으로 성가신 존재다. 이에 물려 죽는 사람은 없지만 끊임없이 괴롭히는 통에 도무지 일에 집중을 할 수가 없다. 그런 면에서 이는 스트레스 혹은 머릿속에서 떠나지 않는 짜증스러운 일과 닮았다. 당장 엄청난 폐해를 가져오지 않지만 그렇다고 쉽게 잊히는 것도 아니어서 늘 신경의 한쪽을 건드린다. 내가 하는 일에 대한 동료들의 촌평이나 비꼬는 듯한 말투, 시큰둥한 표정 따위가 마음속을 이처럼 돌아다니며 성가시게 만든다.

이런 소소한 일들을 처리하는 데 가장 유용한 방법은 '수다'다. 대화나 상담이라는 말은 격식이 있는 것 같아 부담스럽다. 논리를 따라 정연하게 흐르는 대화가 아니라 이런저런 일들을 불쑥 끄집어내서 이 잡듯이 톡톡 터뜨리다 보면 어느새 머릿속이 맑아진 느낌이 든다. 이럴 때 잡다한 수다를 알뜰하게 들어주는 사람이 얼마나 고마운지 모른다. 중대 사안을 해결해주는 건 아니지만 이런 사람에게는 절로 정이 든다.

14세기 프랑스의 이 잡기는 한국에서 커피숍 수다로 변형되었다. 어쨌거나 결과는 똑같다. 맑아지는 머리, 돈독해지는 사랑과 우정.

공자 "장문중은 도둑이다!"

과잉경쟁은 뛰어난 개인을 만들지는 몰라도 단체는 죽인다. 오로지 경쟁에서 이기는 것만 훈련받은 이들은 뛰어난 상대가 경쟁에 뛰어드는 것 자체를 막는다. 인재가 유입되지 않는 집단은 결코 훌륭한 성과를 낼 수 없다. 공자의 시대에도 그런 인물이 있었던 모양이다. 《논어》〈위령공14〉에 나온 내용이다.

子曰: "臧文仲其竊位者與! 知柳下惠之賢而不與立也."
공자께서 말씀하셨다. "장문중은 지위를 훔친 자라 할 수 있다. 류하혜가 훌륭한 것을 알고도 (그를 천거해서) 함께 조정에 서지 않았도다.

장문중은 류하혜가 뛰어나다는 것을 알고도 자기 자리가 위협을 받을까 봐 그를 주요 관직에 추천하지 않았다. 자기보다 더 훌륭한 사람을 잔머리로 물리친 것이다. 무리한 욕심은 결국 온갖 부정과 부패, 그리고 억지 논리를 낳는다. 자기중심적인 사고와 시각 그리고 사소한 것에 대한 집착(승부욕), 소화불량 따위를 얻게 된다.

지나친 경쟁은 인권마저······

사회적 측면에서 봤을 때 과잉경쟁은 인권과도 연결이 된다. 지나친 경쟁은 인권을 침해한다. 인권과 전혀 상관없는 영화에 이를 암시하는 대목이 등장한다.

"네가 나보다 더 잘 싸우잖아. 용감하잖아. 빨리 가!"

영화 《포화 속으로》에서 죽어가는 학도병이 주인공(권상우 분)에게 했던 말이다. 영화 속에서 권상우는 훨씬 더 유능한 학도병으로 비친다. 그를 떠민 소년은 '나는 일찍 죽어도 괜찮으니 상관 말고 앞으로 가라'는 뜻으로 말했을 것이다. 상당히 사실적인 말이긴 해도 찜찜한 구석이 있다. 사람을 기능과 능력으로 분류한 소년의 말은 사회적 진화론을 강력하게 주창했던 에른스트 헤켈(Ernst Haeckel, 1834~1919)의 주장을 연상시킨다.

그는 "더 강인하고 건강하며, 정상적인 젊은이일수록 소총이나 대포 등 문명이 만들어낸 도구에 죽음을 맞을 가능성이 높다"면서 허약하고 병든 이들이 안전한 후방에 남는 것을 문제라고 지적했다. "그들이 마음껏 아이를 낳아서 국가를 생물학적으로 쇠퇴시키기" 때문이라는 것이 그의 주장이었다. 그는 이런 해결책을 제시했다.

"모두에게 군복무의 의무를 강제한 뒤, 전투가 벌어지면 허약하고 병든 이들을 위험한 공격 때 총알받이로 이용하자."

학도병의 말은 상당히 현대적이다. 그 즈음의 고등학생은 학교에 다닌다는 것 자체가 상당한 이력이었다.

그는 급우(넓게는 사람 자체)들을 기능적으로 분류한다. 자신은 전쟁에서 큰 능력을 발휘할 수 없으니 앞서서 희생당해 마땅하고, 뛰어난 사람은 살아남아야 한다는 뜻으로 풀이할 수 있다. 사회적으로 적용하면 이보다 '끔찍한 주장'이 없다.

사람을 재능이 아닌 기능과 능력으로 분류한 사례는 많다. 이를테면, '끼'

라는 말을 가져와서 중·고등학교 생활은 물론 기본적인 교육마저 포기하고 춤과 노래에 매진하는 여학생들을 방치하거나, 엘리트 체육의 틀에 가둬놓고 중간에 부상이라도 당하면 그야말로 사회적 낙오자로 내쳐버리는 체육계의 행태에 침묵하는 것 역시 비인간적인 현상들이다.

인간이 평등하다는 사실에 동의하지 않는 사람들이 생각보다 많다. 이런 저런 사람은 어떠어떠한 이유 때문에 다른 이들이 가지는 기본권을 짓밟혀도 무방하다고 생각한다. 물론 사람에 따라서 중요한 일을 맡기도 하고 덜 중요한 근무처에 배정되기도 하겠지만, 어떤 경우든 인간이 가진 기본적인 존엄성마저 무시할 수는 없는 법이다.

한국 엄마들의 교육열이란 것도 오로지 "외모나 능력 따위를 잣대로 내 자식을 '총알받이'로 분류해 희생양으로 내몰지나 않을까" 하는 불안에서

비롯된 것은 아닌지 모르겠다. 이런 경쟁사회의 그늘 혹은 부모들의 불안이 안쓰럽다.

"어느 나라 사람이냐?" "그때 그때 달라요"

경쟁과 뛰어난 기술만을 중시하는 풍토는 국가 간의 불균형을 조성하는 데도 한몫을 한다. 승자는 패자의 눈치를 볼 필요 없이 성취한 것을 누릴 권리가 있다는 시각이 사회적 배려에 눈을 멀게 하는 것이다. 소위 능력자들이 더 많은 돈, 더 좋은 일자리만을 찾는 현상은 사회적 불평등은 물론 국제사회의 심각한 불균형을 초래한다.

선진국에서는 개도국의 발전 가능성을 유학생의 인생관으로 점친다. 마

유한양행 유일한 회장 (1895~1971)

나라가 힘들 때, 미국에서의 선교를 버리고 식민지가 된 고국으로 돌아와
평생 조국을 위해 애쓴 위대한 기업가

치 이스라엘과 팔레스타인 간의 전쟁 결과를 그 나라에서 유학 온 학생의 태도를 보고 짐작했다는 일화와 유사하다. 즉, 최고의 지식을 익힌 학생이 고국으로 돌아가느냐 아니면 공부한 나라에 남아서 성공을 꿈꾸느냐 하는 것을 가지고 그 나라의 장래를 예측한다는 것이다. 한국은 지금까지 유학생의 고국 유턴 비율이 높았다. 그것은 곧장 고도성장으로 이어졌다.

최근 이와 관련해 재미있는 아이디어 하나가 나왔다. '인재유출협약'이 그것이다. 그 내용은 선진국과 개도국 간의 인재 유출을 적정선에서 유지하자는 것이다. 10년 전쯤의 통계에 따르면 (지금도 별반 차이가 없을 것이다) 자메이카, 아이티, 가나 같은 나라의 의사 가운데 30~40퍼센트가 고국을 떠나서 일하고 있다. 가뜩이나 힘든 국가들은 그나마 있는 인재들마저 남의 나라에 가서 헌신을 하기 때문에 점점 더 가난해진다. 후진국의 몰락은 결국 선진국의 '판매처'가 사라지는 것을 의미한다. 이런 인재 유출의 끝은 세계의 동반 몰락이다.

아주 못사는 나라의 경우도 NGO나 국제봉사단체보다는 그 나라 출신의 인재가 훨씬 기여하는 바가 크다. 고향에 대한 채무감과 피와 정을 나눈 사람들에 대한 자국민의 헌신은 외국인이 흉내 내기 힘들다. 결국 한 나라를 발전시키는 가장 큰 동력은 그 나라 사람의 마음속에 있다.

그렇다면 경쟁 우위에 있는 사람들에게는 마음껏 경쟁할 수 있는 세상이 과연 좋을까? 결론을 말하자면 아니다. 경쟁에서 이기든 지든 스트레스를 받기는 마찬가지다. 경쟁은 끝없이 계속되는 전쟁이기 때문이다. 한시도 발을 뻗고 잘 수 없는 전쟁터의 병사들은 늘 긴장 속에서 살아야 한다.

브레인 도핑, 스스로를 죽이는 사람들

경쟁사회에서 몸의 진액이 다 빠져나가도록 일하는 현상을 '브레인 도핑'이라고 한다. 스스로를 감각도 의식도 없는 '무젤만'으로 전락시키는 것이다. 무젤만은 나치 수용소에서 피골이 상접한 몰골로 좀비처럼 움직이던 수감자들을 가리키는 말이다. 경쟁논리에 매몰돼 오로지 승리만을 위해 모든 것을 다 투자하고 소비하는 우리의 모습과 다를 바 없다.

우리는 순수한 경쟁으로 돌아가야 한다. 경쟁이 없을 순 없다. 하지만 나 혼자만 잘 되고 보자는 식의 이기적이고 파괴적인 경쟁은 어느 누구도 행복하게 할 수 없다. 경쟁을 순수하게 만드는 방법은 간단하다. 남을 이겨서 더 많이 가지고, 더 많이 누리는 사람이 결코 행복하지 않다는 것을 깨달으면 된다.

인간의 욕망은 끝이 없다. 물질이 아무리 늘어난다 하더라도 '만족'이라는 단어를 들고 와 "이젠 됐어요!" 하고 선언할 사람은 아무도 없다. 물질이 가져다주는 만족은 한정적이다.

독일의 경우 1945년 이후 물질을 통한 삶의 만족도가 증가했다. 소유할 수 있는 물질이 늘어난 때문이었다. 단, 1970년까지만. 그 시절 이후 재화는 더 늘어났지만 삶에 만족한다는 응답은 1970년대의 60퍼센트에 머물렀다. 40퍼센트는 불만족하거나 그저 그렇다고 대답했다. 2000년대의 가난한 사람의 생활수준이 1950년대의 부자와 비슷함에도 그런 답이 돌아왔다.

어느 정도의 경제적 부를 이루고 나면 만족은 상대적으로 변한다. 내가 어떤 물건을 가지고 있느냐보다 나와 같은 물건을 못 가지는 사람이 얼마나 많으냐에 따라 만족도가 결정되는 것이다. 인간의 욕망은 끝이 없다.

이는 나이 대에 따라서도 나타난다. 한 연구에 따르면 '재산을 늘리려고 노력하는가'라는 질문에 '그렇다'고 답한 비율은 30세~44세는 33퍼센트, 45~59세는 21퍼센트, 59세 이상은 4퍼센트였다.

우리 삶을 만족시키는 것은 물질적인 만족만이 아니다. 물질 경제의 성장만이 정답이라고 믿는 이들에게는 의미심장한 통계다.

오랜 세월 순수하고 올바른 경쟁은 외면당해왔다. 성적만 잘 나오면 자연스럽게 '품행이 방정'하고 모든 면에서 우수하다고 칭찬해주는 어처구니없는 평가방식 말이다. 도둑과 성인은 모두 새벽부터 일어나 열심히 일하지만

그 지향하는 바가 달라서 평가가 달라진다. 그럼에도 그저 '성실성' 하나로 모든 것을 판단한 것이다. 성실성 하나로 개성과 다양한 재능을 묵살하고 인간성까지도 판단해 버리는 분위기가 우리 사회를 유령처럼 떠돌고 있다.

요컨대 교양과 개성, 삶의 다양성을 가르치는 교육은 멀리 던져버리고 오로지 돈 잘 버는 직업을 취득하는 기술만 가르치는 공상(工商) 교육, 그리고 개성과 문화가 증발한 사회 분위기가 이런 상대적 박탈감을 부추기고 있다.

정체성과 개성을 무시하고 똑같은 트랙에서 기계처럼 달리는 경쟁, 이긴 자도 진 자도 불행하기는 마찬가지인 파괴적인 경주는 이제 그쳐야 한다.

워털루 전쟁이 끝난 뒤 영국군을 지휘했던 웰링턴 장군이 부하에게 물었다.

"전쟁에서 가장 비참한 게 뭔지 아나?"

"지는 겁니다."

"맞아. 그럼 그 다음으로 비참한 건 뭔지 아나?"

부하는 머뭇거렸다. 웰링턴은 이렇게 말했다.

"이기는 걸세."

아무도 행복하지 못한 전쟁은 워털루에서 끝났어야 했다.

가장 위대한 유산

사회는 부자들에게 '노블레스 오블리주'를 요구한다. "내가 번 돈 내가 쓰는데 왜?" 돈의 정체를 알고 나면 진짜 귀족들이 오블리주를 왜 지켰는지 알게 된다.

19세기 경제학자 헨리 조지(Henry George, 1839~1897)는 소위 '귀족'들의 유산을 논리적으로 설명했다. 그는 오래전에 죽은 아버지의 유산으로 잘살고 있는 사내의 삶을 묘사하면서 이렇게 말했다.

"그의 식탁 위엔 닭이 갓 낳은 달걀, 불과 며칠 전에 만든 버터, 오늘 아침에 짠 우유, 24시간 전까지 바다에서 헤엄치던 물고기, 푸줏간 아이가 요리할 시간에 맞춰 가져온 고기, 방금 뜯은 신선한 채소, 과수원에서 실어온 과일이 놓여있다. 간단히 말해서 이 가운데 어느 하나도 노동자의 손을 거치지 않은 것이 없다. …… 이 남자가 부친에게 상속받아 생활하는 것은 사실 부 자체가 아니라 타인이 생산한 부를 지배할 수 있는 권력에 지나지 않는다. 그의 생활을 뒷받침하는 것은 동시대인의 생산이다."

우리는 무엇을 물려줄 것인가?

노동력이 무한으로 공급되던 시기(베이비 붐 세대의 20~30대), 기업은 이윤을 위해 가정이라는 인류 최고(最古)의 사회단체를 홀대했다. 가정이 다음 세대의 인류를 성장시키는 데 들일 에너지를 고스란히 회사로 가져가는 정책을 거리낌 없이 펼친 것이다. 그 결과 사회는 무한경쟁체제로 돌입했고, 가정마저 그 체제에 복속시켰다.

가정은 단순히 한솥밥을 먹는 집단이 아니라 경제, 윤리, 인간관계, 사회철학, 건강학에 이르기까지 인류의 모든 지혜가 축적된 공간이다. 이것을 파괴시키는 것은 단순한 생활 패턴의 변화가 아니다.

이러한 파괴적 양상은 어떤 면에서는 식민주의를 연상시킨다.

일제는 조선을 점령한 뒤 적극적으로 명문가를 몰락시키고 유구한 전통을 짓밟았다. 몇 백 년 동안 꺼뜨리지 않았던 아궁이의 불씨를 끄집어내 군홧발로 밟았다. 그것이 조선의 힘을 약화시키는 첩경이라고 본 까닭이 아닐까? 일제와 같은 짓을 하는 단체와 무리들이 이 사회에 넘쳐난다.

최근의 부자들은 '글쎄'라는 말이 절로 쏟아지게 하는 언행을 일삼는다. 부의 세습 과정에서 저질러진 불법과 비리로 법정에 불려가는 부자가 있는가 하면, '직원은 회사가 먹여 살리는 노비'라는 말로 대다수 '노비'들을 어이없게 만든 부자도 있었다.

'사방 100리 안에 굶어죽는 사람이 없게 하라'는 경주 최 부자 집의 가훈은 '부'가 시스템에 뿌리를 두고 있다는 사실을 통찰한 결과라고 볼 수 있다. 그 덕에 그들은 동학 등의 민란에서도 안전하게 재산을 지킬 수 있었다.

당대의 부는 경쟁에서 이기는 것에서 나올지 몰라도 뼈대 있는 부는 나눔에서 비롯된다.

놀어

다섯

논어

쉼을
말하다

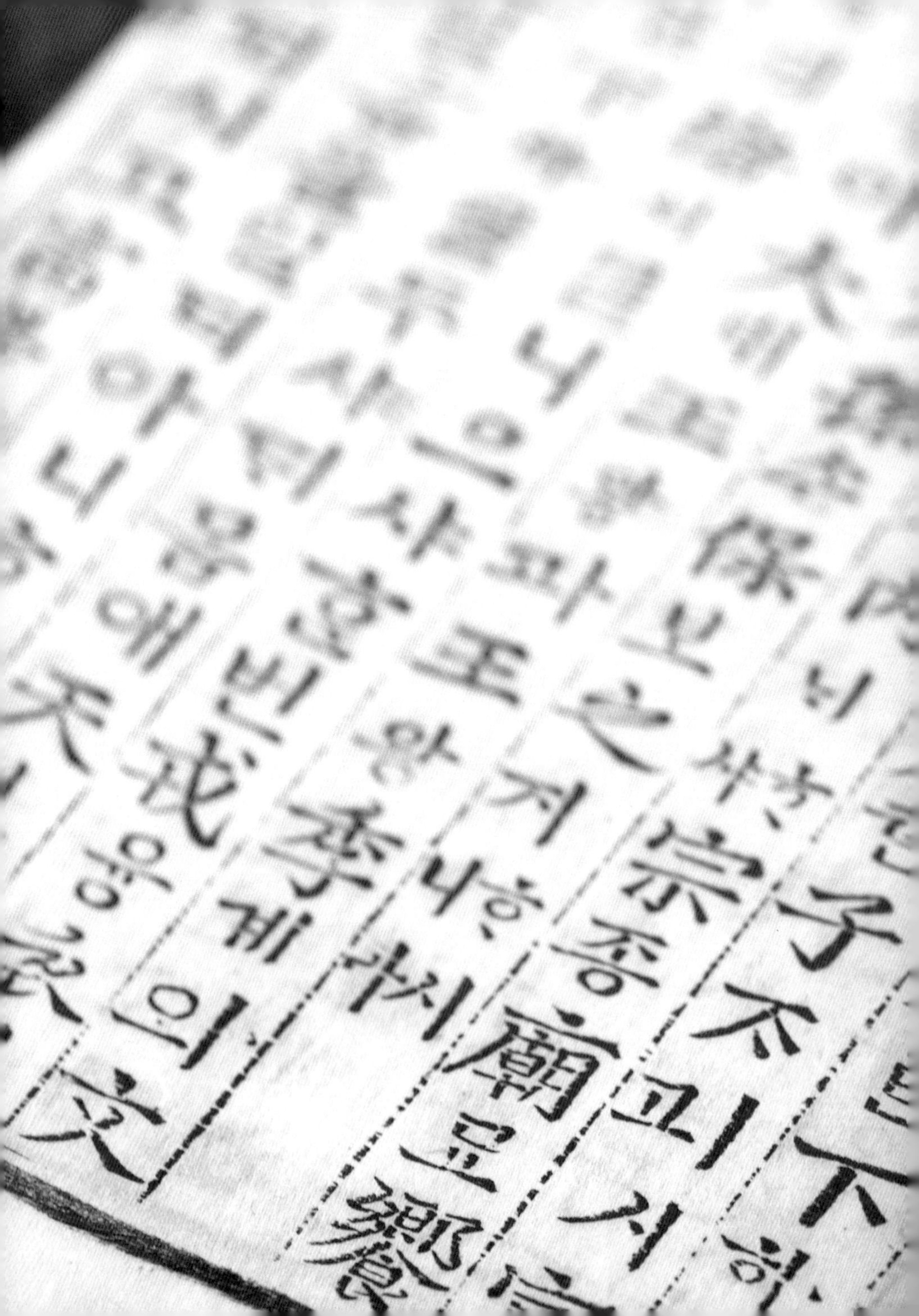

먼저 쉰 다음에
일하라

"子於是日哭, 則不歌."
"공자께서는 (초상집에 가서) 곡을 한 날에는 노래를 부르지 않았다."
– 〈술이10〉

"하루에 4시간 잤어요. 근데 성적은 오히려……."

고등학교 2학년 1학기 때 전교 1등을 차지한 학생이 있었다. 고3 때 다시 굳은 결심을 했다. 수학을 완전정복하기로. 전교 1등이었지만 수학 때문에 불안했던 것이다.

고등학교 3학년 올라가던 해 겨울, 그는 잠을 줄이고 공부에 매진했다. 한 달 동안 공부에 매진한 결과는? 수학은 물론 다른 과목까지 오히려 흔들렸다. 노력한 만큼 성적이 나오지 않는 정도를 지나 오히려 떨어졌다. 그는 후배들에게 이렇게 말한다.

"열심히 하는 건 좋은데 잠은 줄이지 마라. 피곤하기만 하지 아무 효과 없다!"

물론 길어봐야 일주일 안 걸리는 벼락치기는 예외다. 단기간에 승부를 걸어야 할 경우는 밤샘도 불사해야 효과를 볼 수 있다.

왜 쉬어야 할까? 그것은 우리 몸의 한계 때문이다. 뜨거운 열정은 좋지만 몸을 돌보지 않으면 일찍 죽는 수가 있다. 잘 쉴수록 업무 효율이 높다. 또한 우리의 뇌는 하루 종일 받아들인 정보를 수면 중에 정리한다는 보고도 있다. 쉬는 것은 낭비가 아니다. 잘 쉬어야 집중력도 높아지고 의욕도 강해진다.

최근 일본에서 직장인과 학생들 사이에 낮잠 열풍이 불고 있다고 한다. 오후 시간대의 효율을 높이는 데에는 낮잠만 한 것이 없다는 생각 때문이다.

휴식이 없으면 미래도 없다

자연에서도 교훈을 얻을 수 있다. 성경은 사람이 흙으로 만들어졌다고 하는데, 가만히 살펴보면 흙과 인간은 공통점이 꽤 있다. 그중의 하나가 쉼 없이 혹사시키면 생산력이 떨어진다는 점이다.

흙이 혹사당하는 가장 대표적인 예는 식민지 농업이다. 마르크스는 "자본주의적 농업의 모든 진보는 노동자를 착취하고 흙을 착취하는 기술의 진보"라고 했다. '본국'에서 온 식민지 감독관들은 단기간에 최고의 성과를 내는 것 외에는 별 관심이 없다. 그들은 다양한 작물을 재배하는 대신 단일 작물을 심어서 땅을 혹사한다. 그들이 심는 작물은 커피, 설탕, 바나나, 담배, 차 등의 수출 품목이다.

단기 성과에 집착하는 식민지 농업과 달리 '지속 가능한 농업'은 돌려짓기와 휴식년, 그리고 똥거름 등의 유기질 비료를 충분히 쓴다. 흙의 건강을 유지하는 비법은 이미 고대 로마시대부터 잘 알려져 있었다. 《농업에 대해서》(De agri cultura)를 쓴 로마의 학자 마르쿠스 포르키우스 카토(기원전 234~기원전 149)는 농부들에게 소, 말, 양, 염소, 돼지 등의 똥을 모아 땅에 뿌리라고 가르쳤다. 그들은 주기적으로 땅을 쉬게 해주고 콩류 혹은 그 지역의 흙과 궁합이 맞는 피복작물을 심어 흙과 거름을 보호했다.

인간도 돌려짓기와 휴식년, 그리고 삶의 자양을 보충하는 시간이 필요하다. 자기계발의 시간이나 취미 없이 한 가지 일에만 매달린다면 그는 얼마 못 가 지칠 것이다.

휴일도 없이 일하고, 야근에 시달리는 인류의 모습은 식민지의 흙과 비슷한 신세다. 그런 인간과 흙은 얼마 안 가 생산력이 현저하게 떨어진다.

휴식과 여유 있는 식사, 적당한 운동, 친구들과의 담소 등으로 새로운 에너지를 얻도록 하자. 철학자 플라톤은 아테네의 부(富)가 흙에 달렸다고 보았다. 조직의 운명도 구성원 한 사람, 한 사람의 건강과 능력에 달려있다.

지친 머리로는 일할 수 없다

구체적으로 어떻게 쉴 것인지 설명한 책도 있다. 바로 《청소부 밥》(토드 홉킨스·레이 힐버트 지음)이다.

이 책에는 회사 일이 너무 바빠 가정을 돌보지 못하는 젊은 사장 로저가 등장한다. 아마 미국인들도 우리와 비슷한 일상을 겪는 모양이다. 그는 아내와 관계가 소원해져서 '이혼을 당할 위기'다. 그런 마당에 아내의 생일날 또다시 실수를 한다. 점수를 따기 위해 근사한 레스토랑에 예약을 했는데, 일이 바빠 그 사실을 깜빡한 것이다.

로저는 바로 그날, 몇 주 동안 공을 들여온 중국 회사와 계약을 했다. 원래 그 전날 올 예정이었던 그들은 비행기를 놓치는 바람에 하루 늦게 도착했고, 다음 날 일정 때문에 당일 저녁에 다시 비행기를 타야 한다고 했다.

로저가 아내와의 약속을 깜빡했다는 사실을 깨달은 것은 집 앞 현관에 다다라서였다. 직장에서는 대성공을 거뒀지만, 집에서는 다시 낙제점 남편과 아빠가 되었다.

해결책은 뭘까? 그의 조언자인 청소부 밥은 독서나 산책, 음악 듣기 등을 통해 틈틈이 휴식을 취하라고 충고했다. 사실 로저가 약속을 깜빡한 것은 머리가 너무 지쳤기 때문이었다.

여기서 짚고 넘어가야 할 사항이 하나 더 있다. 지친 머리로 일을 한 까닭에 간과한 사실이다. 즉 그 중국인들과는 절대 계약을 하지 말았어야 했다는 점이다. 이야기를 읽고 있노라면 저자의 목소리가 들리는 듯하다.

"지친 머리로는 일을 할 수가 없다. 단순 업무라면 모를까, 상황 판단이 필요한 일이라면 더더욱!"

밥이 제시한 '머리가 쉬는 방법'은 산책과 음악 듣기다. 특히 음악은 마음과 몸을 편안하게 하는 가장 훌륭한 휴식법이다.

그런데 음악, 하면 공자를 빼놓을 수 없다. 공자는 제자들에게 자주 음악에 대해 이야기했다.

子曰: "師摯之始, 關雎之亂 洋洋乎盈耳哉!"

공자께서 말씀하셨다. "대음악가 지(摯)가 처음 연주한 때와, 관저 장으로 마지막 연주를 장식한 것은 (얼마나 좋았던지) 넘실넘실 귀에 가득하구나."
- 〈태백15〉

이 부분은 보통 공자가 얼마나 음악을 깊이 이해하고 사랑했는지 드러내는 구절이라고 해석된다. 그게 다일까? 공자가 말하는 군자는 언제나 여유 있고(〈술이37〉), 남 탓을 하기보다는 자신을 돌아보는(〈학이16〉) 사람이다. 공자는 분명 문화와 예술을 즐기고 이를 통해 마음을 다스렸던 사람이었다. 그리고 음악을 통해 스트레스를 해소하고 쉼을 얻었다.

음악뿐 아니다. 공자는 그림에도 조예가 있었던 듯하다.

子夏問曰: "巧笑倩兮, 美目盼兮, 素以爲絢兮' 何謂也?"

子曰: "繪事後素."

曰: "禮後乎?"

子曰: "起予者商也! 始可與言詩已矣."

자하가 물었다. "어여쁘게 웃는 모습 보조개 지고, 아름다운 눈 초롱초롱 반짝거리네. 흰 바탕으로 화려한 채색을 삼았도다!'라고 노래한 것은 무엇을 말한 것입니까?"

공자께서 말씀하셨다. "그림 그리는 일은 흰 바탕이 있은 뒤에 하는 것이다." 자하가 다시 "예는 뒤에 하는 것이로군요?" 하고 말하니 공자께서 말씀하셨다.

"나를 계발시켜주는 사람은 상(자하)이로구나. 이제야 비로소 함께 시를 말할 만하다."

  - 〈팔일8〉

미술에 대한 이해 없이 소녀의 아름다운 얼굴에서 별안간 미술 이론으로 넘어가는 장면을 연출할 수 있을까? 그럴 수는 없을 것이다.

특히 '繪事後素'(회사후소, 그림 그리는 일은 흰 바탕이 있은 뒤에 하는 것이다)라는 말에는 중요한 쉼의 원칙이 담겨있다. 사람들은 일을 하고 나서 쉰다고 생각하지만 충분한 에너지를 얻을 만큼 쉬고 나서 일하는 게 맞다는 것이다. 물론 쉼은 일의 보상으로 주어지는 경우가 많지만, 제대로 쉬지 못하고 일을 하면 반드시 성과가 나쁘다.

오늘날에는 전 세계적으로 일요일마다 쉰다. 그렇다면 일요일은 일주일의 끝일까, 시작일까? 일요일을 쉬는 날로 정하는 데 가장 혁혁한 공을 세운 성경에 의하면 일요일은 주의 첫날이다. 우리는 하루를 쉰 후에 일주일을 시작하는 것이다.

칭기스 칸의 백전백승 비결, '번개 진격'의 핵심은 휴식

얼마 전부터 칭기스 칸이 새삼 주목받고 있다. 시장이 세계화하고 유목적 삶이 늘어나면서 그가 이끌던 몽골군이 세계를 제패한 비결이 경영 비법으로 부활하고 있는 것이다.

그의 연승 비결 중 하나는 앞서 설명했던 대로 '번개 진격'이었다. 상대가 예상하지 못한 시간에 들이닥쳐서 적을 당황하게 하고, 무너뜨렸다. 지름길을 택해서 갔느냐 하면 그것도 아니었다. 지름길은 적들도 알고 있었고, 복병이 있을 가능성도 높았다. 칭기스 칸은 늘 멀리 돌아갔다. 그런데도 상상을 초월하는 속도로 진군을 했으니 적들로서는 기가 찰 노릇이었다. '번개 진격'의 비결은 말들을 충분히 쉬게 하는 데 있었다.

사람의 능력은 유한하다. 하지만 유한을 무한한 것으로 극대화시키는 방법이 있다. 바로 충분히 쉬게 하는 것이다. 모르긴 해도 적들은 칭기

푹 쉬었더니
날아갈 것 같네!

참 좋은데
(적들에게) 말해 줄 수도 없고…

스 칸 부대의 말들이 모두 '용들의 자식'이거나 '악마의 말'이라고 생각했을 것이다.

비행기가 오페라를 망쳤다

오늘날 세상은 도무지 쉴 시간을 주지 않는다. 특히 휴대폰은 언제나 어린아이처럼 울어대면서 조용한 시간을 방해한다. 휴가 기간에도 손에 휴대폰을 쥐고 있으면 휴가가 될 수 없다. 전화 몇 통으로 정신이 사무실에 처박혀버리는 경우가 얼마나 많은가.

현대 문명은 공자가 좋아한 음악도 망쳐놓았다. 특히 인기 성악가들이 그렇다. 많은 클래식 팬들이 "비행기가 오페라를 망쳐놓았다"고 말한다. 비행기가 스케줄을 팍팍하게 만들어 성악가들을 혹사시켰다는 뜻이다.

테너 성악가 출신으로 루치아노 파바로티의 매니저를 맡았던 알렉산드로 칠리아니도 그렇게 생각했다. 그는 1930년대에 비행기를 처음 탔다. 상당히 새로운 경험이었을 테지만 그는 비행기를 혐오했다. 비행기 대신 배를 타고 갔다면 성악가에게 반드시 필요한 휴식시간이 보장되었을 텐데, 비행기가 그것을 앗아가버렸다는 생각 때문이었다. 물론 제의가 와도 거절하면 되겠지만, 이런저런 여건상 쉽지가 않다.

오페라와 성악가만 그럴까? 휴대폰과 자동차 등의 현대문명 때문에 잃어버린 것이 얼마나 많은지 모른다. 세상이 사람을 그냥 놔두질 않는다. 비단 잘나가는 연예인에게만 해당되는 이야기가 아니다. 삶의 호흡이 빨라지다 보니 거의 대부분의 삶이 비행기를 탄 성악가 꼴이다. 특히 현대 사회에서 가장 중요하다는 '인맥'은 사람 자체를 소비의 대상으로 하기 때문에 이 것을 넓히려 드는 사람이나 목표의 대상이 된 존재는 수시로 울려대는 전화에 혼이 빠질 지경이다.

우리는 언제 쉬어야 할까? 은퇴한 후에? 그건 성대가 망가진 후에나 쉴 수 있는 가수나 성악가를 연상시킨다.

열심히! 열정적으로! 좋은 말이다. 하지만 과유불급이란 말도 있듯이 무엇이든 지나치면 해롭다. 우리 몸과 지성이 가장 적절한 상태를 유지할 때 최고의 성과를 낼 수 있다. 아무리 좋은 기계도 열을 식히지 않으면 제대로

작동하지 않는 것과 마찬가지다.

　우리는 투쟁해야 한다. 쉬기 위해서. 쉬지 않으면 능력도 감퇴하고 돈도 벌 수 없다. 삶의 질 또한 현격하게 떨어진다. 교회에서는 일요일에 놀러가거나 물건을 사지도 말고 조용히 쉬라고 한다. 굳이 신앙인이 아니더라도 일주일에 하루 정도는 모든 것을 잊고 쉬어야 한다. 나머지 날들을 제정신으로 살아가려면!

왜곡된 쉼

아버지는 한때 잘나가는 세일즈맨이었다. 가는 곳마다 환영을 받았고, 주머니는 늘 두둑했다. 다만 너무 피곤한 것이 문제였다. '고속도로 여행, 기차 여행, 수많은 약속, 오랜 세월, 그런 것들'이 그를 완전히 지치게 했다. 그는 극단의 스트레스를 다소 비정상적인 방법으로 풀었다. 아내가 아닌 여자와 최고급 호텔에서 환상적인 시간을 보내는 것으로 파괴적인 일상을 보상받았다.

모든 건전한 것들을 희생해가며 성과에 목을 맸던 아버지는, 십수 년이 지난 뒤 폐허 같은 노년을 돌려받았다.

"고속도로 여행, 기차 여행, 수많은 약속, 오랜 세월, 그런 것들을 다 거쳐서 결국엔 사는 것보다 죽는 게 더 가치 있는 인생이 되었어."
- 《세일즈맨의 죽음》(아서 밀러)

삶의 가치를 빼앗아간 가장 결정적인 사건은 바로 여자와 즐기던 저녁에 벌어졌다. 그를 우상처럼 따르던 아들이 불륜 현장을 덮친 것이었다. 이후 아들은 반항을 시작한다.

아버지의 실수는 너무 많은 것을 얻으려 했던 것이었다. 무한한 성과를 위해 그는 끊임없이 일하고 도전했다. 누가 뭐라고 해도 쉬지 않고 매진하고 체력과 정신력의 한계를 악착같이 극복했다. 그에게 죄는 없다. 다만 모든 것이 지나쳤을 뿐.

세일즈맨의 초상은 오늘날에도 도처에서 발견된다. 지금도 많은 이들이 과잉된 삶을 산다. 많이 벌고 많이 쓴다. 격렬하게 추구하고, 과격하게 스트레스를 푼다. 피로를 풀기 위해 동원하는 방법이 폭음, 여자, 도박 따위다.

병이 깊으면 보다 치명적인 약과 의술이 동원되듯이, 일상의 스트레스 역시 독이 든 휴식으로 푸는 셈이다.

"성과사회는 자기 착취의 사회다. 성과 주체는 완전히 타버릴 때까지 자기를 착취한다."
 - 한병철

과잉을 이상으로 생각하는 사람은 온전한 삶과 진실한 인간관계, 가족의 사랑을 얻을 수 없다.

"너무 바쁘다"고 하지 마라

사람들은 "바쁘다"는 말을 입에 달고 산다. 정말 바쁘기도 하겠지만 말 때문에 심리적으로 실제보다 더 바쁘게 느낀다. 종국에는 인간으로서 품어야 하는 근본적인 생각들을 까맣게 지워버릴 만큼 삶의 두서가 없어진다.

로마제국의 제16대 황제이며 후기 스토아파의 철학자였던 아우렐리우스(Marcus Aurelius Antoninus, 121~180)는 이렇게 충고했다.

"꼭 필요한 경우가 아닌 때에 말이나 편지에서 '나는 너무 바쁘다'라는 말을 자주 사용하지 말라고 주의를 주었으며, 아무도 급한 일을 구실삼아 당연히 해야 하는 사회적 의무를 회피하지 않아야 한다고 말했다."
 - 《아우렐리우스 명상록》 제1편

사람이 바빠지는 이유는 몇 가지가 있다. 계획 없이 살거나, 너무 지쳐서 일이 계속 늘어지거나 혹은 눈앞의 이익에 집착해서 쉴 시간을 스스로 포기하거나.

바쁜 삶의 대가는 때로 참혹하다. 열심히 살았는데, 오히려 누구보다 가난해져 있는 경우가 많다. 돈과 추억, 건강 등 모든 부분에서. 요행히 돈을 벌더라도 건강과 평판을 잃어버리는 경우가 비일비재하다.

더불어 바쁘단 말을 꺼낼 때 '요즘 세상' 운운하는 것도 그만두어야 한다. 2,000년 전, 아우렐리우스 시대에도 습관적으로 "바쁘다"고 말하는 사람이 있었다. 필요 이상 바쁜 것은 시대가 변해서가 아니라 인간의 근본적인 삶의 양태다. 바쁘고 안 바쁘고는 상당 부분 개인의 의지에 달렸다는 이야기다.

바쁘지 않기 위하여, 잘 쉬기 위하여 혹은 인간다운 삶을 위하여 정신을 가다듬을 필요가 있다.

흔어

논어

'말'을
말하다

말(言)을 잡아야
변화를 잡는다

"善哉問!"
"훌륭하다 질문이여!"
– 〈안연21〉

공자는 말 잘하는 사람 싫어했다?

모르긴 해도 우리가 사는 시대의 최대 유행어는 '변화'가 아닐까? 모두 변화를 부르짖는다. 변화하지 않으면 금세 소금기둥이 되어버릴 것처럼 과거라는 이름의 도시로부터 열심히 도망친다. 문제는 발에 접착제라도 발라놓은 것처럼 발걸음이 잘 떨어지지 않는다는 것이다.

어떻게 변화할 수 있을까? 변화를 열심히 외치면 어제와 다른 오늘이 될까? 대부분 목만 아프다. 제일 큰 목소리로 변화와 개혁을 부르짖었던 이들이 구습에 파묻혀 압사당하는 예를 얼마나 자주 봐왔던가.

'변화하는 법' 같은 교과서라도 있었으면 좋겠다. 수학의 정석처럼, 다양한 공식과 실전 문제를 실어놓은 교과서만 있다면 어느 정도 미래를 예측

하고 남들보다 먼저 대비할 수 있을 텐데……

변화가 어려운 이유는 그 한 단어 속에 여러 가지 요소가 들어있기 때문이다. 변화하려면 주변의 정보를 두루 모아야 한다. 소통이 기본이다. 아직 우리 눈앞에 드러나지 않은 것들을 파악하려면 기존의 것들을 여러 가지 가정에 적용해보는 응용력과 창의적 사고가 필요하다.

이쯤에서 우리는 하나의 결론을 얻을 수 있다. 암기식 교육으로는 창의적이 될 수도, 변화에 민감하게 반응할 수도, 나아가 변화를 주도할 수는 더더욱 없다는 것이다.

공자의 '논어 학교'는 변화에 관한 한 모범적인 교육기관이었다. 그들은 장차 수천 년 동안 적용할 수 있는 대단한 공식들을 하나씩 만들어내었다. 견고하면서도 어디에든 적용 가능한, 완성되었으면서도 한없이 열려있는 이론들이 무수히 개발되었다. 이는 비슷한 시기의 서양철학도 마찬가지였다. 이들의 사상은 향후 서양과 동양의 의식과 정치, 사회, 문화, 과학 발전의 토대를 마련했다.

우리는 그들이 그토록 놀라운 창의성을 발휘한 비결을 알아야 한다. 그것이 바로 변화하는 세상에 한 발 앞서 나아갈 수 있는 비결일 것이다.

상식적인 차원에서 이야기하자면 변화를 주도하는 창의적인 지성은 읽고 말하고 쓰는 데서 나온다. 공자와 그의 제자들은 무수한 토론을 했고, 그것을 기록으로 남겼다. 제자들은 스승의 말을 공책에 베껴 쓰고, 얼마나 많은 말을 주고받았을까?

제자들과의 토론이 때로 격렬하기도 했다는 사실은 자로의 경우에서 볼 수 있다.

子路使子羔爲費宰. 子曰: "賊夫人之子." 了路曰: "有民人焉, 有社稷焉, 何必 讀書, 然後爲學?" 子曰: "是故惡夫佞者."

자로가 자고를 시켜 비 땅의 행정장관이 되게 했다. 공자께서 말씀하셨다.
"남의 자식을 해치는구나."
자로가 여쭈었다.
"백성이 있고 사직이 있거늘 어찌 반드시 책을 읽어야만 배웠다고 하겠 습니까?"
공자께서 말씀하셨다.
"이래서 말 잘하는 사람을 미워한다."
- 《논어》 〈선진24〉

대화의 내용을 접어두고 제자인 자로가 '감히' 스승님에게 대꾸하는 장 면이 재밌다. 자로의 말투라면 언뜻 시비를 거는 것처럼 들렸을 수도 있다. 말미에 공자가 입만 살아있는 이들을 꾸짖지만 그것은 말꼬리만 잡는 류 의 토론자를 경계하는 것으로 봐야 한다. 말은 저렇게 해도 《논어》를 읽어 보면 공자는 정말 '말 잘하는 사람'이라는 생각이 저절로 든다. 본문에 언급 된 '말 잘하는 사람'은 말 같잖은 말을 늘어놓는 이들을 말하는 것이지 진 지하게 토론을 이어가는 사람을 뜻하는 것은 아니다. 공자는 때로 자유로운 토론 분위기를 형성하기 위해 제자들에게 "너무 어려워하지 말라"고 격려하기까지 한다.

子路, 曾晳, 冉有, 公西華侍坐. 子曰: "以吾 一日長乎爾, 毋吾以也."
자로, 증석, 염유, 공서화가 공자를 모시고 앉았다. 공자께서 말씀하셨다.
"내 나이가 다소 너희들보다 많다고 나를 너무 어렵게 여기지 말라."
- 〈선진25〉

공자의 말이 떨어지기 무섭게 '용감한' 자로부터 시작해 각자의 생각을 늘어놓는다. 공자는 그 말에 일일이 자신의 생각을 밝힌다. 만일 공자가 딱딱한 훈장 선생님처럼 고리타분했다면 눈치만 보면서 아무 말도 꺼내지 못했을지 모른다. 고등학교 수학 시간처럼, 선생님이 "너 나와서 풀어봐" 하고 지목하지 않으면 아무도 감히 자신의 의견을 밝히지 않을 것이다.

혁명의 역사는 '말'의 역사

모든 변화는 말 혹은 토론에서 비롯되었다. 개혁과 변화를 싫어하는 위정자들은 대부분 사람들이 모여서 이야기하는 걸 꺼렸다. 요컨대 수다와 대화, 토론은 변화의 시작이었고 혁명의 기폭제였다.

16세기 프랑스의 풍경을 들여다보자. 드 라 무사예 남작은 브르타뉴에서 보낸 몇 년을 묘사하면서 이런 기록을 남겼다.

"대문을 열어두어 언제든지 수많은 방문객들을 환영하고 우리를 방문해주는 영광을 베푸는 사람은 누구나 아주 잘 환대하고 훌륭하게 대접했다."

이걸 아니꼽게 보았던 이들이 있었다. 변화를 싫어하는 위정자들이었다. 1563년, 윗분들이 연회 단속령을 내렸다. 진짜 이유는 "쑥덕대지 마라. 뜻을 모으지 마라" 하는 것이었지만, 겉으로는 '음식 낭비'를 내세웠다. 16세기에는 '각자 부담 음식'으로 연회를 즐겼는데, 가끔 음식이 넘칠 정도도 많이 모였던 것이다. 심지어 국가에서는 고기의 종류와 양 등과 관련해 비교적 상세한 규정을 정하기도 했다. 음식 낭비를 우려한 시각도 없지는 않았겠지만 그들이 진정으로 두려워한 건 '말'이었을 것이다.

이 규정을 가장 격렬하게 반대한 이들 중에는 최초의 인문주의자 에라스무스(Desiderius Erasmus, 1466(추정)~1536)가 있었을 듯하다. 그는 연회를 '후한 인심을 베풀고 토론이 벌어지는 무대'로 생각했다. 그러니 토론이 일어날 만한 모임이 위축되는 것을 달갑게 여기지 않았다.

국가는 국민들이 모이기를 원치 않는다. 의논이나 토론 없이 시키는 대로 하기를 바랄 뿐이다. 백성들이 '세상'에 눈을 뜨는 것을 원하지 않는 것이다.

모여서 이야기하는 것을 적극적으로 찬성했던 이들은 모두 혁명가들이었다. 에라스무스도 그랬다. '자유인' 루터의 배후 조종자로 여겨지기도 했던 그는 개혁의 실질적인 씨앗을 제공했다.

사실 식탁은 가장 중요한 토론이 형성되는 장이었다. 기독교의 핵심 진리가 선포된 곳도 식탁이었다(최후의 만찬). 변화와 혁명에서 식탁만큼 중요한 장소는 다탁(茶卓)이었다.

1650년대, 영국 정부에서는 커피하우스를 폐쇄하고자 했다. 커피하우스가 혁명의 온상으로 알려진 까닭이었다. 불온한 시기, 그만큼 커피숍에 사람들이 몰렸다. 미국 독립혁명에 불을 붙인 보스턴 차 사건(1773)이 시작된 장소도 커피하우스(그린래건)였다. 모두 고통스런 시기였다. 억울한 일이 많아 대화와 토론이 자연스레 일상이 되는 즈음에 커피숍이 인기를 끈 것이다.

미국 최대의 커피 체인점인 스타벅스가 탄생한 시기도 묘하다. 스타벅스는 1971년에 문을 열었다. 이 시기 미국은 소득이 소수에게 집중되는 현상이 가속화하고 있었다. 원유가 상승과 물가 상승, 생산성 하락의 문제가 경제위기를 불러왔다. 고민이 많은 시기였다. "이게 어찌 된 영문인지, 어찌하면 좋을지" 이야기라도 들어보고 싶은 사람들이 넘쳐나는 즈음이었다.

변화가 필요할 때 사람들은 커피하우스로 모였고, 커피하우스는 사람들을 변화의 주역으로 만들었나. 불안에 휩싸인 평범한 이들을 변화의 주역으로 만든 요소는 '말'이었다. 말은 새로운 세상을 창조한다.

사족을 붙이자면, 커피하우스라는 대목에서는 우리나라 사람들이 어깨에 힘을 줄 만하다. 2014년 5월 14일 〈국민일보〉 기사에 따르면, 미국 경제지 〈쿼츠〉는 세계에서 스타벅스 매장이 가장 많은 도시로 서울을 꼽았다. 스타벅스는 전 세계 63개국에 진출했는데, 서울에는 284개의 매장이 영업 중이라고 한다. 이는 LA의 세 배이고 스타벅스의 고향인 시애틀보다 두 배

나 많은 수치라고 한다. 전국적으로는 643개의 매장이 있다.

한국을 대표하는 이미지가 '다이내믹'이라고 하는데, 그 증거가 바로 커피숍의 숫자가 아닐까? 커피숍이 잘 된다는 것은 그만큼 정보의 교환과 토론이 활발하고, 나아가 변화를 이끌어내는 힘이 강한 나라라는 뜻도 된다. 우리는 일찍이 사랑방에서 이러한 문화를 꽃피웠다.

이순신, 커피숍을 애용하다

말의 힘을 가장 잘 활용한 역사적 집단은, 칭기스 칸의 몽골군이라 할 수 있을 것이다. 사실 칭기스 칸은 두 종류의 말을 활용했다. 타는 말(馬)과 소통으로서의 말(言).

몽골이 중국 본토를 점령했을 때, 중국인들이 가장 어리둥절해한 것은 '말'의 문화였다. 체계가 잡힌 중국 관리들의 눈에 비친 몽골족들은 위계에 대한 개념이 전혀 없는 듯했다. 그들은 중요한 일이 있으면 전체회의를 소집했다. 늘 토론이었다. 위에서 결정해서 지시하면 알아서 기는 관료제에 익숙해져 있던 중국인들로서는 시간 낭비에 모욕적이기까지 한 회의였다.

중국 출신 관료들은 불평했다.

"비능률적이기 짝이 없다. 시간과 힘이 너무 많이 든다. 위에서 결정한 사항을 아래에서 실행하면 일사천리일 텐데 왜 군이 이런 쓸데없는 짓을 하려 드는가!"

하지만 회의와 토론은 몽골의 전통이었다. 그들은 대소 쿠릴타이를 중국의 관료제 안으로 가져온 것이었다. 쿠릴타이는 말하자면 부족 '공개토론' 모임이었다. 토론의 분위기는 한없이 자유로웠다. 계급과 지위를 내려 놓고, 가장 지위가 낮은 병사도 안건에 대해 충분히 이해할 수 있을 때까지 설명을 들을 권리가 있었고, 자신들의 의견을 자유롭게 개진했다. 이처럼 충분한 토론을 거쳐 결정된 사항은 모든 사람이 따라야 하는 무서운 법이 되었다.

칭기스 칸이 소집한 쿠릴타이 가운데 가장 중요한 건 주르첸과의 전쟁을 결심했을 때였다. 부족들은 하나둘 쿠릴타이에 참가하기 위해 칭기스 칸을 찾아왔다. 부족들은 이미 무엇을 회의에 붙일지 알고 있었다. 반대하는 사람이 많으면 쿠릴타이 자체가 무산될 위험도 있었다. 칭기스 칸으로서는 쿠릴타이를 통과하지 못하면 전쟁을 시작조차 할 수 없을 것이었다. 칭기스 칸은 비교적 오랜 시간 쿠릴타이를 진행시키면서 반대자들을 설득시켜 나갔다. 칸은 이를 통해 왜 전쟁을 해야 하는지 그 이유를 초원의 전사들에게 납득시켰다.

요컨대, 칭기스 칸은 쿠릴타이로 세계를 정복했다. 사냥 기술과 약탈 본능 외에 문명이라고 할 만한 것은 약에 쓰려도 없었던 몽골인들에게 모든 구성원들이 참여해 자유롭게 의견을 개진하는 쿠릴타이는 세계 정복의 발판이었던 것이다.

이처럼 위계도 없는 회의를 통해 칭기스 칸의 부대는 전투 때마다 전술을 바꾸었고 각종 무기를 개발했으며 목숨마저 아까워하지 않는 구성원들의 충성심을 이끌어낼 수 있었다.

우리나라에서 이와 비슷한 예를 찾자면 이순신이 아닐까? 장군은 늘 부하들에게 귀를 열어두었다. 그는 한산도에 머물 적에 운주당이라는 집을 지어 장수들과 밤낮을 가리지 않고 전투를 연구했다. 졸병도 병법에 관한 내용은 얼마든지 말할 수 있었다.

야사에 의하면 장군은 처음 호남좌수사로 임명되었을 때 좌수영 뜰에 인근 주민들을 모아놓고 같이 짚신을 삼고 길쌈을 했다고 한다. 처음에는 그를 어려워하던 백성들이 시간이 지나자 허심탄회하게 일상의 소소한 이야

기까지 모두 털어놓았다. 어디 가면 고기가 많다는 것부터 시작해서 어디엔 암초나 바람이 많아서 조심해야 한다는 따위의, 바닷사람에게는 지극히 일상적인 이야기들이었다. 이순신은 평상복 차림으로 그들과 섞여 웃고 담소를 나누면서 여러 가지 정보를 얻었다. 전투가 벌어지자 이순신은 이렇게 얻은 지형지리 정보를 이용해 적을 유린했다. 험지로 유인당한 왜군들은 제대로 싸워보지도 못하고 패하기 일쑤였다.

이순신이 이렇게 아랫사람들과의 소통에 주력하자 '나중에는 모든 병사들이 군사에 정통하게 되었다.' 또한 '전투를 시작하기 전에는 (원균과 달리) 장수들과 의논하여 계책을 결정하였던 까닭에 싸움에서 패하는 일이 없었다.'《징비록》

모르긴 해도 이순신 장군이 오늘날 살아온다면 접견실보다 동네 커피숍에 더 자주 나가지 않을까? 그렇게 허심탄회한 분위기에서 요긴한 정보와 창의적인 아이디어를 그러모았을 듯하다. 참고로 원균은 접견실에 들어앉은 채 장수들조차 출입하지 못하게 했다고 한다.

여성 리더들이 뜨는 이유

칭기스 칸 시대처럼 오늘날에도 말(言)은 여전히 중요하다. 취업, 하면 '스펙'을 떠올리는 이들이 많지만 사실은 소통의 능력을 더 중요한 가치로 따진다. 소통엔 화합과 창의성이라는 두 마리 토끼를 잡을 수 있는 마력이 담겨있기 때문이다. 미국의 경우 전통적으로 남성들이 차지하기 마련이었던 고위직이 여성의 몫이 되는 경우가 많아지고 있다고 한다. 급변하는 사업

환경에서는 유연하게 대처하고 조직원 개개인의 특성에 따라 일을 적절하게 배분하는 '수다스런' 여자 상사가 더 유능하기 때문이다. 군대나 2차산업처럼 일률적으로 움직이면서 시간만 단축하면 되는 공장시대는 이제 저물고 있다. 우리나라도 마찬가지다.

망하는 기업들의 첫 번째 공통점을 '소통 부재'로 드는 경제 전문가들이 많다. 구체적인 예를 살펴보자.

로자베스 모스 칸터 하버드 경영대학원 교수는 몰락하는 기업의 아홉 가지 증상을 제시하면서 그중 제일 첫머리에 '의사소통 감소'를 제시했다. 그는 '질레트'를 예로 들었다.

2001년 부임한 최고 경영자 제임스 킬츠는 기업을 자세히 관찰한 후 임원들에게 직원들의 행동 습관을 바꾸도록 요구했다. 그중 제일 첫머리는 이것이었다.

'결정되기 전에 의견을 제시한다. 일단 결정되면 전적으로 지지한다.'

안 되는 기업은 몇몇 '리더'들이 의사를 결정한다. 직원들에게 자문을 구한다 하더라도 형식에 그치는 경우가 많다. 직원들은 다양한 심리적 프레임에 갇혀 자기 의견을 제대로 드러내지 않는다. 소통의 감소다.

소통의 감소는 일의 추진을 더디게 만든다. 애당초 의사 결정 과정에서 배제되었다고 생각하기 때문에 적극적으로 달려들지 않는 것이다. 몰락하는 기업의 아홉 가지 증상에서 여덟 번째와 아홉 번째 현상으로 꼽은 '업무 능동성 감소'와 '부정적 시각 팽배'가 그 결과다. 말 그대로 말이 안 통하면 발전은커녕 생존도 보장할 수 없는 상태로 전락하고 마는 것이다. (질레트처럼) 아무리 큰 조직이라 할지라도.

"꼴 베는 아이와도 토론하겠다"던 세종의 소통법

마지막으로 공자의 '논어 학교'를 살펴보자. 앞서 우리는 '논어 학교'에 감도는 자유로운 토론의 분위기를 감지했다. 이제는 그 깊이를 가늠해보자. 사실 어느 조직이든 CEO가 "토론해 봅시다" 하는 말은 한다. 분위기상 아무도 자유롭게 말하지 못하는 것이 문제일 뿐.

전통적인 조직에서 CEO는 몇몇 고위층에 둘러싸여 있다. 고대 사회에서는 임금이나 황제가 내시와만 친하게 지내다 나라를 말아먹은 경우가 허

다하다.

현대 사회의 조직에서는 CEO가 서열과 상관없이 조직의 유능한 직원들과 대화를 나누어야 한다. 이렇게 하면 모든 서열의 능력을 끌어올릴뿐더러, 유능한 직원들의 현실적인 조언을 수렴하는 기회로도 활용할 수 있다.

사정을 제대로 알아야 사람을 적절하게 부릴 수 있다. 뭘 모른 채 정책을 펴면 '독재자'로 전락한다. 공자는 "군자의 밑에서 일하기는 쉽다"고 말한다.

子曰: "君子易事而難說也. 說之不以道, 不說也; 及其使人也, 器之. 小人 難事而易說也. 說之雖不以道, 說也; 及其使人也, 求備焉."

공자께서 말씀하셨다. "군자는, 그의 밑에서 일하기는 쉽지만 그를 기쁘게 하기는 어렵다. 정당한 방법으로 기쁘게 하지 않으면 기뻐하지 않는다. 다른 사람에게 일을 시킬 때에는 (그 사람의) 재능에 따라 합당하게 임무를 부과한다. 소인은, 그의 밑에서 일하기는 어렵지만 그를 기쁘게 하기는 쉽다. 비록 정당하지 않은 방법으로 기쁘게 하더라도 그는 기뻐한다. 다른 사람에게 일을 시킬 때에는 완전할 것을 요구한다."

- 〈자로25〉

어떻게 각자의 재능을 꿰뚫을 수 있을까. (미국 사회의 여성 리더들처럼) 아랫사람의 이야기를 잘 들으면 된다. 어떤 때는 시시콜콜한 잡담 같은 이야기까지 주고받아야 드디어 아랫사람의 사정을 소상히 알 수 있다. 반면 소인은 왜 "다른 사람에게 일을 시킬 때에는 완전할 것을 요구"할까? 이유는 간단하다. 잘 모르기 때문이다. 뇌 과학자들의 최근 연구에 따르면 권력은 인간의 뇌를 바꾼다고 한다. 공감 능력을 떨어뜨리고 이중 잣대를 가지게 된다는 것이다. 즉, 타인에게는 엄격하고 자신에게는 관대하게 살아간다는 뜻이다. 자기 생각만 하느라 다른 사람의 사정을 잘 살피지 못한다.

동양에서 뛰어난 군주로 이름났던 이들은 모두 아랫사람들의 말에 귀를 기울였다. 그들도 뇌 구조가 바뀌었겠지만 이를 극복하려고 무한한 노력을 했던 것이다. 당 태종은 '백성은 물이고 임금은 배'라는 말로 아랫사람들의 역할을 강조했고, 세종은 '비록 꼴 베는 사람의 말이라도 또한 반드시 들어

보아서 말한 바가 옳으면 채택하여 받아들이고, 비록 맞지 아니하더라도 죄 주지 않는 것이 아래의 사정을 얻어 알고 자신의 총명을 넓히는 것'이라는 자세로 유혹을 이겨냈다.

결론은 이렇다. 당신이 어느 위치에 있든 '말'이 필요하다. 기꺼운 토론과 소통만이 능력 이상의 일을 해낼 수 있게 해준다. 타인의 말에 귀를 기울이고 내 생각을 또렷하게 표현하는 능력은 다음 시대를 살아가는 가장 중요한 힘이다.

앞서 살펴봤듯이 유연한 사고와 소통은 과거에도 중요했다. '논어 학교' 가 바로 그렇다. 단언컨대, 그들은 자유롭고 심도 깊은 대화와 토론으로 지성을 키웠다. 제자들은 하루가 다르게 변화하는 세상(당시는 춘추전국시대였다)에 대처하는 지적인 훈련을 무수히 반복했다. 그리하여 '논어 학교'의 제자들은 이후 수천 년 동안 동양권 전체에 가장 지대한 영향을 미친 지적인 그룹으로 우뚝 섰다.

'백선생'이 뜨는 이유는?

'gastronomy'. '미식법'이라는 뜻의 프랑스어다. 글자 그대로 해석하면 음식을 우아하게 먹는 법이라는 뜻이다.

미식법은 독일에서는 왕과 귀족들이 자신들만의 계층 문화로 향유하다가 새롭게 등장한 부르주아들에게 침노당한 식사법 정도로 여겼다. 프랑스에서는 대혁명(1789) 이후 유행했다. 여행 작가 모건(Morgan) 부인이 자신의 베스트셀러 《프랑스 1818년》 속편에 쓴 내용을 그대로 믿자면 말이다.

이 시기 프랑스에서는 귀족의 몰락으로 실업자가 된 요리사들이 레스토랑을 차렸다. 궁중음식의 대중화가 시작된 것이다. 개중에 스타로 뜬 요리사도 등장했다. 앙토넹 카렘이 대표적인 인물이었다.

그는 언필칭 '왕들의 요리사, 요리사들의 왕'이었다. 그는 프랑스의 나폴레옹을 비롯해서 러시아의 알렉산드르 황제, 은행가 로스차일드(로트실트) 가문에서 요리 책임자로 일했고 자신의 요리법을 책으로도 남겼다.

그런데 미식법이 발달한 시기가 묘하다. 독일은 부르주아가 변혁을 일으

키던 즈음이고, 앙토넹 카렘이 활동한 시기는 프랑스 혁명 즈음과 그 이후였다. 사회적 갈등이 폭발하던 시대였다.

갈등을 잠재우는 데는 먹는 것 이상이 없다. 개인적인 경험이지만 함께 식사를 자주 하면 자연스럽게 마음을 열고 사소한 오해를 모두 물리칠 수 있다. 갈등의 시대, 사람들은 기분 좋은 식사 자리에서 맺힌 것을 풀고 마음을 나누고 싶었을 것이다.

오늘날의 한국은 어떨까? '한식 세계화'를 추진하고, 프랜차이즈점이 곳곳에서 생겨나며, 음식을 주제로 한 만화가 히트를 치고, 커피점이 기하급수적으로 늘고 있다. 텔레비전에는 스타 요리사들이 자기 이름을 걸고 프로그램을 진행하기도 한다. 먹고 마시는 데 이만큼 돈과 시간을 소비한 세대가 없었을 듯하다. 사람들이 삼삼오오 모여서 마음과 의견을 나누는 데 열중하는 것은 그만큼 답답하다는 증거가 아닐까?

아인슈타인 "나의 선생님은 초등학생"

"얘야, 공부하다 말고 어딜 갔다 왔니?"

열두 살 소녀에게 엄마가 물었다. 소녀는 들고 있던 수학 노트를 테이블에 올려놓으며 명랑한 목소리로 말했다.

"이웃에 아주 유명한 수학자 아저씨가 살아요. 수학 숙제를 풀다가 어려운 문제가 있으면 찾아가서 도움을 청해요. 그러면 그 아저씨는 아주 즐거워하면서 제 숙제를 도와줘요. 모르는 문제가 있으면 언제든지 찾아오래요."

아이의 어머니는 미간을 찌푸리며 말했다.

"그 아저씨는 아주 바쁜 분이야. 너한테 수학 문제를 가르쳐줄 만큼 그렇게 한가한 분이 아니란다. 네가 아직 그분을 잘 몰라서 그래. 아무래도 엄마가 가서 사과를 하고 와야겠구나."

그녀는 '수학자'를 찾아가서 아이가 귀찮게 해서 죄송하다는 말을 전했다. 그러자 그는 손사래를 치며 말했다.

"아니에요. 따님을 가르치면서 많은 생각을 하게 돼요. 따님이 저한테 배우는 것보다 제가 따님과의 대화 중에 배우는 것이 더 많답니다."

그 수학자의 이름은, 아인슈타인이었다.

그가 어린아이에게 배운 게 많다는 것은 진심이었을 가능성이 높다. 물리학에서 그가 이룬 업적은 이전의 상식을 뒤집은 부분이 많다. 어린아이에게도 배울 것이 있다고 할 만큼의 열린 사고가 아니었다면 그런 성과는 도저히 불가능했을 것이다.

성공한 화가의 이야기를 들은 적이 있다. 불과 몇 해 전만 해도 '그림 실력'보다는 '마케팅 실력'이 좋아서 돈을 번다는 이야기를 듣던 인물이었다. 지금은 그의 그림 실력을 모두 인정하는 분위기다. 문제는 성공한 이후 문턱이 지나치게 높아졌다는 것이다. 몸소 사람을 찾아다니는 모습이 온데간데없어진 것이야 작업에 몰두하는 까닭이라고 할 수 있겠지만 친하게 지내던 이들의 전화도 잘 받지 않으니, 사람이 변했다고 볼 수밖에 없다.

그는 대외적으로 유명인사가 되었지만 지인들 사이에서는 '화가'에서 '환쟁이'로 전락했다.

이러저러한 교훈적 의미를 빼고 말하더라도, 다양한 계층(심지어 어린이들)과의 대화에는 의외로 번뜩이는 아이디어가 많다. 가만히 귀 기울여 보시길.

늪어

일곱

논어

인성을
말하다

天던下하하…

顯현원名명샤 尊존昜위天… 宗종廟묘꼐

有유四수海히之지內니 새…

四수海히之지 孫손保보之지지내…

武부王왕이 大대 … 과 포王왕 季계의 文문

문토王왕의 緖서 … 니ㅇ샤 ㅎㅇ변戎융졷의

ㅎ샤 天던下하 ㅎ를두샤 딕몯애 天던下하

잇顯현본ㅎ일ㅇ옳을 틱아니ㅎ샤 尊존은

天던子ㅈㅣ 되시고 富부는 四수海히人

'스승'을 말살하는
한국 교육

"君子不器."
"군자는 그릇 같은 존재가 아니다."
– 〈위정12〉

"난 강사지 (학교) 선생이 아냐."

아주 오래전, 어느 학원 강사에게 들은 말이다. 사교육은 본디 시험 잘 치는 기술을 위주로 수업을 하니까 '스승'으로서의 덕행을 요구하지 말라는 뜻이었다. 그런 마인드를 가진 때문이었을까, 몇 해 후 그는 '말'을 잘못 하는 바람에 학원가에서 퇴출되다시피 했다. 아이들에게 '19금'에 해당하는 음담을 했다가 학부형의 강력한 항의를 받았던 것이다.

옛사람들은 가르치는 사람을 두 부류로 나누었다. 하나는 가르치기만 잘하는 사람, 즉 경사(經師)다. 요즘으로 치면 교편만 들었을 뿐 전혀 존경할 구석이 없는 교사일 것이다. 두 번째는 지식과 덕행을 두루 갖춘 인사(人師)다. 당연한 이야기지만 부모들은 후자를 선호했다.

인사에게 가장 중요한 것은 책임감이었다. 《예기》에서는 가르치는 직책을 떠나서도 제자에 대해 무한한 책임을 지는 사람이 참 스승이라고 했다. 한 번 시작된 수업은 죽을 때가 돼서야 끝이 난다는 뜻도 된다. "내가 너희들에게 가르친 대로 나도 최선을 다해 살 것이니 너희들도 나를 본받아 훌륭한 삶을 살라"는 스승으로서의 책임감이 마음 중심에 있다면, 누가 삶을 데면데면하게 살까.

대한민국에서는 '인사'가 되기 힘들다. 사회 전체가 경사를 강요하기 때문이다. 입시 위주의 교육이라는 말 자체가 그렇다. 입시는 교과서에 묶인 공부를 강요하고, 입시 결과를 학습의 중요한 목표로 삼는다. 좋은 대학에 진학을 못 시키면 죄인 취급을 받는 것이 요즘 교사이자 학교다. 그러니 누가 멀리 보는 교육을 시킬까. 우리 삶 전체를 관통하는 근본적인 교육은 등한시되기 마련이다.

이 대목에서 몽테뉴의 말을 참고할 만하다.

"우리의 교육의 목적은 우리를 행복하고 현명하게 만드는 것이 아니라 머리에 뭔가를 담는 것이었다. 그리고 그런 목적이라면 성공한 셈이다. 교육은 우리들에게 미덕을 추구하고 지혜를 포용하도록 가르치지 않았다."

조금 사정이 다르긴 하지만 정말 중요한 것을 가르치지 않는다는 데서는 우리의 현실과 정확하게 일치한다.

이 같은 지식 위주 교육의 결과일까? 세계대전을 경험한 헤르만 헤세

(Hermann Hesse, 1877~1962)는 자신의 책에 이런 목소리를 남겼다.

"유럽은 온 세계를 획득했는데, 그러므로 자신의 영혼을 잃어버리고 말았다."
- 《데미안》 중에서

영혼 없는 노벨상, 수백만을 죽이다

"영혼을 잃어버린 사람들? 그 증거를 대보라"고 한다면 무수한 사례를 가져올 수 있다. 그중에는 노벨상 수상자도 있다. 대한민국이 그토록 갈망하는 노벨상 수상자!

1918년 노벨화학상을 받은 독일의 화학자 프란츠 하버(Fritz Haber, 1868~1934)는 위대한 과학자였다. 그가 개발한 질소 비료는 농업 생산력을 높여 수백만의 목숨을 구했다. 그런데 그 과정이 조금 찜찜하다.

그는 1차 세계대전 당시 프랑스와 독일이 독가스 개발 경쟁을 했을 때, 독일의 주요 화학자였다. 독일군은 상대방 참호를 공격할 수 있는 독가스 개발을 그에게 의뢰했다. 하버는 질소에서 비료를 추출하는 암모니아 합성 특허권만으로도 충분히 부를 누릴 수 있었지만 무슨 욕심에서인지 독일 정부의 제안을 수용했다. 그의 아내인 클라라 이메르바르는 질소 합성 연구에서는 남편을 헌신적으로 도왔지만 독가스 개발에 참여하는 것은 거절했다. 그런 아내에게 하버는 "싫으면 말고" 하고는 젊은 과학자들과 함께 연구를 거듭한 끝에 1915년, 독가스 개발에 성공했다.

독가스 프로젝트에서 첫 성과를 얻었을 때, 최초의 비극이 발생했다. 하버는 집으로 돌아와 자축 만찬을 열었는데, 대부분의 참석자들이 즐거워했지만 그의 아내는 달랐다. 그녀는 남편과 심하게 다툰 뒤 남편의 권총을 들고 정원으로 나가 자기 머리를 쐈다.

두 번째 비극은 노벨상을 받은 이듬해에 찾아왔다. 국제 전범으로 기소된 것이다. 세 번째 비극은 조국의 배신이었다. 나치 정권이 그를 추방한 것이다. '전범'이어서가 아니라 그가 '유대인'이었기 때문이다. 그는 영국으로 가는 도중에 사망했다. 1934년이었다.

마지막 비극은 그의 사후에 일어났다. 하버는 전쟁 전에 치클론A라는 살충제를 개발했는데, 나치는 여기에다 한층 독성을 강화한 치클론B를 개발해 수백만의 유대인을 학살하는 데 썼다. 하버의 친척들도 피해자 명단에 들어있었을 것이다.

프란츠 하버

우리 가운데에도 얼마나 많은 하버들이 있을까? 어릴 때부터 "공부만 잘하면 된다"고 '세뇌'당하는 우리 아이들의 미래를 고민하지 않을 수 없다.

학교는 공장이 아니다

우리는 광복 이후 인재를 만드는 교육에 치중해왔다. 자원이 없는 나라에서 믿을 구석은 사람밖에 없었다. 유능하고 탁월한 인재를 '생산'해내는 것이 세계와 경쟁하는 유일한 길이라고 믿었다. 정말 그럴까?

유명한 영재고등학교 교장을 만난 일이 있다. 교장은 내내 "우리 학교 학생은 우리나라의 가장 우수한 자원"이라면서 "국가 차원에서 잘 활용해야 한다"고 강조했다. 동석한 사람 중에 거북한 표정을 지은 이들이 많았다. 학생을 두고 '자원'이라고 거듭 말하는 것이 마치 사람을 기계로 취급하는 듯한 느낌 때문이었다.

뛰어난 인재들이 다양한 분야에서 큰 발전을 이끌어내는 것은 사실이지만 인간을 '활용'해 국력을 키우자는 식의 논리는 위험하다. 인간은 무엇보다 인간으로 교육을 받아야 한다.

인간을 마치 기계나 상품처럼 우수와 불량, 우량과 열등으로 나누는 태도는 인류사에 큰 상처를 남겼다. 이런 비인간적인 생각을 무척이나 과학적으로 정립한 인물은 프랜시스 골턴(Francis Galton, 1822~1911)이었다. 그는 찰스 다윈의 사촌으로 300개 가문의 유명한 남자 977명을 조사해 '지능과 성향의 질'이 인생의 성공과 실패를 결정짓는 가장 확실한 근거라고 결론을 내렸다. 천재성과 지능은 유전된다는 이야기였다. 그는 여기서 한 발짝 더 나아가 매우 위험한 발언을 했다. 그의 발언은 《천재와 정신》이라는 책에 실렸다.

"이 책에서 다루는 것은 현대 유럽인이 어떻게 다른 열등한 인종보다 평균적으로 훨씬 뛰어난 자연적 소질을 갖게 되었느냐 하는 것이다. 현대 유럽인이 가장 열등한 흑인종보다 우월한 것만큼 현대 유럽인을 정신적으로 훨씬 능가하는 건강한 인종을 만들 수 있다는 것을 의심할 만한 증거는 어디에도 없다고 생각한다."

이른바 우생학이었다. 독일의 나치는 '인종 청소'를 자행하면서 그의 이론을 과학적 근거로 삼았다. 다른 나라에서도 '열등'이라는 죄목으로 수많은 사람이 단종되거나 학살되는 사태가 벌어졌다.

이런 사고방식은 아직도 우리 사회에 존재한다. 어릴 때부터 두각을 드러내는 스포츠 스타나 예술 및 과학 분야의 영재들을 사회에 유익한 '제품'으로 만들자는 시각이 대표적이다. 운동선수들이 죽도록 운동만 하거나 소위 과학 혹은 문화계 영재들이 만사를 제쳐놓고 그 분야만 파고들도록 강요하는 경우가 그렇다. 보통의 인간이 가진 평범한 행복과 고통을 배우지 않는다면 언젠가 그들은 자신들이 겪은 '불행'을 그대로 우리에게 되돌려줄지 모른다.

우리는 서로를 기계나 물건 보듯이 하는 시각을 거두어야 한다. 우리 중 누구라도 오로지 '유용성'을 기준으로 기계나 물건처럼 취급받아서는 안 된다. 특정 분야에서 뛰어난 능력을 보인다 해도 그것을 잘하기 때문에 인간적인 덕목쯤은 등한시해도 된다고 허용해서는 안 된다.

교육은 두 개의 줄기를 가진 한 그루 나무

우생학처럼 극단적이지는 않더라도 오로지 기능에만 집중한 교육을 하다 보면 자연스럽게 인성이 배제된 커리큘럼이 만들어진다. 대학도 마찬가지다.

대학축제 때 온통 취업 관련 프로그램밖에 없더라는 어느 대학생의 푸념을 들었다. 옆에서 듣고 있던 이는 "요즘 취업이 얼마나 힘든데 배부른 소리를 하냐" 하고 지적했다. 내로라하는 명문대들도 졸업생들의 취업에 골머리를 앓고 있으니 대학의 몸부림을 이해 못 할 것도 아니다.

대학의 취업률이 왜 이렇게 낮을까? 앨빈 토플러(Alvin Toffler, 1927~8~)에 따르면 변화하는 기업의 경제환경을 교육 커리큘럼에 기민하게 반영하지 못해서이다. 또 그의 주장을 그대로 수용하자면 대학들은 각 기업의 채용·인사 담당자와 수시로 만나 기업이 요구하는 인재를 길러내는 데 총력을 기울여야 할 것이다.

그러나 소위 '주문식 교육'만으로는 안 된다. 기업이 미처 제시하지 못하는 요구도 있기 때문이다. 가장 현재적이고 우선적으로 필요한 '재능' 외에 근본적인 차원에서 요구되는 자질 또한 무시하지 못한다.

포리스트 카터는 《내 영혼이 따뜻했던 날들》에서 이를 아주 간단하게 설명한다.

"교육은 두 개의 줄기를 가진 한 그루 나무다. 한 줄기는 오래된 것, 즉 가치관이고 나머지 한 줄기는 새로운 것, 즉 기술이다."

대학이 따라잡아야 할 것은 교육의 두 가지 줄기 중 하나에 불과하다. 나머지 하나는 인격과 인생을 완성하는 데 필요한 가르침이다. 먹고살기 위한 교육과 대비되는 교양 교육이 바로 그것이다. 이는 1929년 미국의 시카고 대학에 부임한 로버트 허친스(Robert Maynard Hutchins, 1899~1977)가 2000년까지 72명의 노벨상 수상자를 배출시켰던 '고전 100권 읽기 운동' 같은 교육법이다. 허친스는 학생들에게 책을 읽으면서 삶의 모델을 찾고 고전에 담긴 만고불변의 가치를 가슴에 품으라고 가르쳤다.

축제마저도 취업에 올인한 대학총장의 심정도 이해하지만 자본주의 논리의 총아로 통하는 기업의 요구에 이리 뛰고 저리 뛰는 모습은 측은하기까지 하다. '교육기관'인 대학에는 보다 중요한 것을 추구할 의무가 있다.

당장 몇 명 더 취업을 시키는 것이 좋을까, 아니면 올바른 삶의 태도와 창의성이 다른 대학 출신보다 뛰어나더라는 평가를 받는 것이 더 좋을까? 교육은 멀리 봐야 한다. 앨빈 토플러의 말처럼 따라잡기만 할 것이 아니라 오히려 역주행도 감행해야 하는 것이 '학교'의 본분이다.

공부가 제일 부끄러웠어요

"왜 공부하는가?" 하는 질문을 학생들에게 던지면, 한참을 머뭇거릴 것이다. 마음에 떠오르는 대답을 턱, 내놓자니 조금 쑥스럽기 때문이다. 1960년대처럼 "알고 싶어서. 새로운 것을 알아가는 것 자체가 너무 행복해서"라고 답할 수 있는 학생은 거의 없다. 이제는 돈과 권력이 공부의 목적이다. 독일의 사회학자 마인하르트 미겔(Meinhard Miege, 1939~)에 따르면 20세기 이후 교육은 돈을 많이 버는 능력 혹은 그런 직업을 차지할 수 있는 방법을 가르치는 데 혈안이 되어 있다.

조선시대에도 그랬던 모양이다. 성종 때 유생들이 책을 끼고 다니지 않는 것이 사회문제가 된 적이 있었다. 사헌부 장령 권경희는 이렇게 고했다.

"유생들의 풍습의 천박함이 지금보다 심한 적이 없을 것입니다. 성균관에서 공부하는 유생들이 발에는 삽혜(靸鞋, 궁중에서 임금 등이 신던 가죽 신발)를 신고 머리에는 단모(段帽)를 쓰고 방 안에는 옷을 넣어두는 장롱을 설치하면서도 몸에는 책을 지니고 다니지 않습니다. 또한 선생이나 장자(長者)를 보아도 예의로 대하지 않습니다."

성종은 사헌부에 명해 책을 끼고 다니지 않는 유생들을 성균관에 넘겨 매를 맞도록 했다. 왜 책을 들고 다니지 않았을까? 대사헌 이세좌는 이렇게 분석한다.

"근래에 유생들이 책을 끼고 다니는 것을 수치로 여겨 모두 소매 속에 넣어 다닙니다."

다시 묻는다. 왜 책을 들고 다니는 것이 수치스러웠을까? 과거시험의 목적을 분석해보면 알기 쉽다. 그들 스스로도 결국 '잘 먹고 잘살려고' 공부한다는 사실이 지레 부끄러웠던 것이다. 전대의 기록이기는 하지만 《태종실록》에는 "문과를 통해 관리가 된 사람들은 대개가 배움을 생계의 수단으로 여기기 때문에 일단 과거에 합격하면 곧 학업을 버린다"(〈권11〉 태종 6년 5월 임인)고 전한다. 조선 후기로 갈수록 과거시험의 부정행위와 관직을 사고파는 양반들의 작태가 심해지면서 과거 공부 자체가 권력과 부의 세습 방법으로 전락하기 직전이었다.

정약용은 지방의 관직에 있을 때 자식들에게 "집에 돌아가서는 과거 공부를 하라"고 했다가 여러 문인들에게 비난을 들었다. 학문의 참뜻은 과거에 있지 않다는 것이 그들의 말이었다.

현대의 유생들은 이런 일들에 어떤 반응을 보일까? "너희들 오로지 잘 먹고 잘살려고 공부하는 거 아냐?" 하고 물으면 열 명 중 여덟 아홉은 "당연한 거 아닙니까" 하고 대꾸할 것이다. 지금의 세태를 놓고 보자면, 오해를 살까 부끄러워 소매 속에 책을 감추고 다닌 옛날 학생들의 마음이 오히려 기특할 지경이다.

잃어버린 마음을
찾아서

"나는 평생을 살아오면서 대학 총장들보다 더 현명하고 행복한 숙련공이나
농부들을 수백 명이나 보았다."
– 몽테뉴

　여러 가지 생각을 불러일으킨다. 몽테뉴가 살았던 시대의 대학 총장들이
무척이나 질이 떨어졌구나, 하는 생각도 할 수 있지만 그건 지나친 가정이
므로 일단 접어두자.

　몽테뉴는 삶의 근본을 꿰뚫는 지혜보다 단순한 지식 채우기에 치중하는
교육 풍토를 비판하려고 이런 말을 했을 것이다. 맹자도 공부는 벽돌 쌓기
나 창고 채우기와 다르다고 역설했다. 그는 "잃어버린 마음을 찾는 것이 학
문하는 방법"(《고자 상11》)이라고 했다. 단순한 행정학이나 통치술을 가르
쳤다면 결코 그런 말을 하지 않았을 것이다. 교육은 우리가 현재 학교에서
책임지고 있는 것 이상으로 폭과 깊이를 확장해야 한다.

　《내 영혼이 따뜻했던 날들》에서 지적한 대로 '오래된 것'에 대한 교육을

강화해야 한다. 정신의 힘이나 인성은 영어나 수학으로 얻을 수 없는 능력을 체득하게 한다. 세상에는 단순한 실용지식으로는 도저히 이겨낼 수 없는 상황이 존재한다. 우리 삶의 질은 대개 이런 상황에서 결정된다. '똑똑한 머리' 이상의 아량과 인격의 힘이 필요한 순간이다.

영어나 수학으로 배울 수 없는 것들을 염두에 두는 것만으로도 교육이 한쪽으로 치우치는 것을 막을 수 있지 않을까?

당신의 '푸른 지점'은?

삶을 긍정하는 능력은 '지식'과 거의 상관이 없다. 가끔 '공부만 잘하는' 학생들이 몇 번의 도전에 실패한 뒤 자기 속으로 숨어드는 경우를 많이 본다. 단순한 지식은 결코 긍정적인 마음을 심어줄 수 없다. 긍정성은 우리 삶을 유지하는 가장 중요한 요소다.

"형제들이여, 우리 종족의 역사를 돌아보면서, 우리를 기쁘게 해주는 푸른 지점들을 보았습니다."
- 존 로스

존 로스(John Ross, 1790~1866)는 체로키족의 추장이었다. 체로키족의 역사는 결코 아름다운 것이 아니었다. 1838년 10월에서 1839년 3월 사이, 백인들은 체로키들을 그들의 고향인 조지아주에서 1,600킬로미터나 떨어진 오클라호마주의 탈레쿠아까지 강제 이주시켰다. 후일 '눈물의 여로'라고 이름 붙여진 사건이었다. 이주 도중 4,000여 명의 인디언이 숨졌다. 출발 당시 인원이 1만 6,000명이었으니, 30퍼센트에 가까운 체로키족이 사망한 것이다.

당시 인디언 호송을 담당했던 미군 사병 존 버넷(John Burnett)은 여든의 나이에 고향을 떠나는 인디언들의 모습을 회상한 글을 남겼다.

"그들은 마치 짐승처럼 645대의 마차에 태워졌다. 추장이 인도한 기도가 끝나자 나팔이 울려 퍼졌다. 아이들이 일제히 일어서서 작은 손들을 흔들었다. 정든 산과 집에 작별인사를 하는 것이었다. 그들은 다시 돌아오지 못한다는 사실을 잘 알고 있었다."

당시 기도를 인도했던 추장이 바로 존 로스였다. 존 로스가 타렐카에서 열린 인디언 부족들의 회합에서 '우리를 기쁘게 해주는 푸른 지점'을 언급한 것은 1843년 6월이었다.

그에게 푸른 지점은 어떤 시기를 말하는 것이었을까? 자기를 따르는 동족의 30퍼센트를 잃어버린 참사를 겪은 지도자에게는 어떤 지점이 푸르렀을까? 인디언 역사 전문가가 아닌 이상 그 시기를 정확하게 짚을 수는 없다. 그러나 별로 중요하지 않다. 역사적 사실을 조사해보는 것보다 그토록 비극적인 역사를 경험한 사람에게 단 한 점이라도 과거의 어느 부분이 어떻게 푸른빛으로 빛날 수 있는지 주목할 필요가 있다. 같은 연설에서 비운의 추장 존 로스는 이렇게 말했다.

"우리는 이 새로운 고향에서 다시 한 번 평화의 축복을 누리게 될 것이라는 희망을 버려서는 안 됩니다."

희망이 없으면 과거는 빛을 잃고 만다. 희망으로 빛나는 미래가 있기 때문에 과거의 어느 지점이 푸르게 빛나는 것이다. 희망을 발견하는 긍정의 힘이 만들어낸 마법 같은 마음이다.

"왕비의 투구가 떨어졌다!"

지식으로는 용기를 배울 수 없다. 모든 것이 무너져 내리는 순간 앞에서 용감하게 맞서는 태도는 영어나 수학 문제를 열심히 풀어서 익힐 수 있는

게 아니다.

《논어》에 "잘못이 있으면 즉시 고쳐라"(過則勿憚改) 하는 구절이 있다. 이는 실수 (혹은 불행) 뒤에 낙심하여 '끝'이라고 생각하는 이들에게 "아직 끝이 아니니 네 이야기를 계속 이어가라"고 용기를 주는 격언으로도 볼 수 있다.

이 부분에서 몽골의 여왕이자 쿠빌라이 칸의 직계 후손인 다얀 칸을 통치자로 키운 만두하이(1449~1510)를 모범적인 예로 삼을 만하다.

젊은 시절 그녀는 실크로드의 군벌 이스마일을 굴복시키려고 원정에 나선 적이 있었다. 어느 전투에서 싸움이 본격적으로 불붙을 즈음, 그녀에게 불행이 닥쳤다. 투구가 벗겨진 것이었다. 그녀의 투구가 땅에 떨어지자 누군가 소리쳤다.

"왕비의 투구가 떨어졌다!"

전장에서 투구가 벗겨지는 것은 말을 잃는 것 다음으로 심각한 상황이었다. 화살과 칼이 그대로 머리통을 뚫을 수 있기 때문이었다.

이때 한 병사가 자신의 투구를 벗어서 그녀에게 주었다. 머리는 다시 보호할 수 있게 되었지만 그래도 문제는 남았다. 사령관의 투구가 벗겨진 것은 군사들의 사기를 저하시킬 수 있었다. 어떤 불길한 징조가 되면서 군사들이 뿔뿔이 흩어지는 단초가 될 가능성이 있었던 것이다. 그녀 스스로 "역시 여자는 안 되나 봐. 하늘이 내 투구를 벗긴 거야. 여기가 끝이다. 나의 화려한 드라마는 끝났어" 하고 지레 겁을 집어먹을 수도 있는 상황이었다. 만두하이는 자신의 드라마가 아직 끝나지 않았다는 선언을 해야 했다. 그녀는 투구를 다시 쓰고 적진을 향해 더 맹렬하게 뛰어들었다. 마치 보란 듯이.

광범위한 측면에서 보자면 몽골인들에게 모자는 하늘을 상징했다. 그들은 모자를 벗는 것을 운명을 벗는 것과 동일시했다. 낡은 운명을 버리고 새로운 운명을 얻고 싶을 때 스스로 모자를 벗어버렸다. 만두하이는 조금도 주저하지 않고 적진을 향해 달려가는 모습을 보임으로써 투구가 벗겨진 사고를 불길한 징조에서 새로운 운명을 맞이하는 '승리의 전조'로 바꾼 것이다.

역사는 그녀가 '그들(적들)을 모두 쳐서 죽였다' 고 기록했다. 만일 그녀가 '끝'이라고 생각하고 뒤로 물러섰다면 그녀의 인생은 정말 끝이 났을지도 모른다.

그녀는 몽골의 역사에서 칭기스 칸과 쿠빌라이 칸과 함께 가장 중요한 인물로 거론된다. 그녀를 위대한 통치자로 만든 것은 바로 '끝'에 몰린 순간에도 무릎을 꿇지 않고 솟아날 출구를 찾아낸 위대한 정신이었다.

조선 최고의 꿈쟁이 이야기

공부의 목적이 오로지 '좋은 대학'이라면, 단도직입적으로 그런 아이들에겐 꿈이 없다고 하는 것이 좋다. 꿈은 우리 삶을 싱싱한 활어처럼 역동적으로 만들어준다. 지식만으로는 결코 얻을 수 없는 활력을 일으키는 것이다.

다음에 소개할 남자는 조선을 통틀어 가장 큰 꿈을 꾸었던 사람 중의 하나였다. 그는 18세기의 인물로 일곱 살 때 이미 "항탁(項橐)은 이 나이에 남의 스승 노릇을 했다"면서 자신의 포부를 밝혔다. 항탁은 춘추전국시대 사람으로 일곱 살에 공자를 가르친 적이 있는 인물로 알려져 있다. 그렇게 매년 감라(甘羅, 춘추전국시대의 장군), 외황아(外黃兒, 중국의 변사), 곽거병(霍去病, 전한 시대의 명장), 항우 등의 이름을 입에 올리며 큰 꿈을 드러냈다.

그렇게 마흔을 넘겼지만 그때까지도 그는 별 볼일이 없었다. 그의 아내가 물었다.

"올해는 까마귀를 그리지 않수?"

천하를 품던 장대한 꿈이 까마귀로 전락했다.

이 사내는 학자나 장군, 정치가가 되지는 못했지만, 나이가 들어 어느덧 유명인으로 자리를 잡았다. 요즘으로 치면 개그맨이었다. 천한 일이었지만 나름대로 열심히 했다. 그의 개그는 당대의 다른 광대들의 것과는 사뭇 달랐다. 그는 마흔이 넘은 뒤 한 해의 꿈을 밝히면서 "맹자는 이 나이에 마음을 움직이지 않았다"고 했다. 이는 그가 평생 꿈을 좇아 나름대로 공부를 게을리하지 않았다는 뜻일 것이다.

그러던 중 우울증으로 고생하는 젊은 선비를 만났다. 그는 선비와 하룻밤을 묵으면서 여러 가지 재미난 일화를 만들어냈다. 선비는 후일 이 남자에 대한 기억이 얼마나 강렬했던지 그날 밤 나누었던 소소한 대화까지 다 기록했다.

본인이 원하는 것과는 다르지만 유명세라는 측면에서 보자면 '꿈은 이루어졌다.' 18세기 조선을 살았던 인물을 헤아려보면 그만큼 큰 유명세를 얻은 인물도 없다. 그것도 남들 다 추구하는 성리학이나 개혁적인 실학이 아니라 자신만의 분야인 '농담'으로 이름을 남겼다. 까마귀를 그린 사내는 '민옹', 그가 치료한 젊은 선비는 연암 박지원이었다. 박지원은 이 독특한 사내의 이야기를 《민옹전》이라는 제목을 달아 세상에 남겼다. 바람벽의 까마귀가 시대를 넘어 봉황으로 부활한 셈이다.

500만을 살해한 남자의 죄목

가장 중요한 것은 사고다. 오늘날 대한민국의 교실은 침묵의 도가니다. 선생님의 말씀은 잘 듣지만 아무도 말을 하지 않는다. 교사들도 학생들의 생각을 접할 기회가 거의 없다. 질문하고 답하고, 토론하는 수업을 해야 다양한 사고법을 익힐 텐데, 학생들은 그런 기회를 거의 가지지 못한다. 말하자면 핵심만 파악해서 빨리 머릿속에 집어넣는 '능률적인' 학습으로 일관하는 것이다. 심지어 대학에서까지.

사고력은 단순한 무능력 이상으로 우리 삶을 황폐하게 할 수 있다.

극단적인 예일 수도 있겠지만 2차 세계대전 때 나치스의 장교로 복무했던 아돌프 아이히만(Karl Adolf Eichmann, 1906~1962)의 일생이 그 폐해를 정확하게 보여주는 예다. 그는 성실하고 충직한 군인으로서 유대인 500만을 학살했다.

전쟁 후 전범 재판관들은 혹시 이 자가 미치광이가 아닐까 싶어서 여섯

난 프로그래밍 된 대로 움직일 뿐 생각이 없어요!
영어는 잘해…
I will be back!

명의 의사에게 정신 검사를 하게 했다. 결과는 '정상'이었다. 그의 지난 삶을 살펴봐도 이상한 구석이 없었다. 가난한 집에서 태어나 말단 장교로 입대한 그는 특유의 성실성 덕분에 무난히 승진했다. 결혼해서 아이 셋을 둔 것도 여느 남자와 다를 바 없었다.

이상한 점이 발견된 것은 그의 '말'이었다. 그는 오직 군대용어만 사용했다. 다른 분야의 언어에는 어눌한 모습을 보였다. 전형적인 군인이었다고도 할 수 있지만, 이는 곧 그의 사고가 군대식으로만 정립되어 있었다는 것을 뜻한다. 다양한 사고가 부재한 인간이었던 것이다.

무사고의 폐해는 심각했다. 그는 심지어 죄책감도 느끼지 않는 듯했다. 재판에서 그는 줄곧 군인으로서 명령에 복종했을 뿐이라는 주장을 펼쳤다. 만일 스스로 판단해야 했다면 다른 선택을 했을 거라는 뉘앙스를 풍기면서.

그의 재판을 지켜본 유대인 철학자 한나 아렌트(Hanna Arendt, 1906~1975)는 그의 죄목을 '순전한 무사유'라고 했다. 군인답게 사는 것 외에 세상이나 타인의 입장에서 생각하는 습관을 버린 것이 이 엄청난 범죄의 뿌리라는 것이다. 한나 아렌트의 말마따나 '그는 의무를 준수했다. 명령을 지켰을 뿐만 아니라 법을 지키기도 했다.' 아무런 생각이 없는 것 빼고는 지극히 정상이었던 것이다.

나치에 잡혀 아우슈비츠에 끌려갔던 유태인 프리모 레비는 자신이 직접 체험한 일들을 바탕으로 시를 썼다. '아돌프 아이히만에게'라는 부제를 붙인 이 시의 제목은 '생각하지 않은 죄'였다.

진정으로 강한 사람의 조건

당연한 이야기겠지만 교육의 수준 혹은 교육을 받은 사람들의 됨됨이는 국가 경쟁력과도 연결된다.

강대국과 선진국은 의미가 조금 다르다. 강대국은 강력한 힘을 갖춘 국가라는 의미에 불과하지만 선진국은 다른 나라들이 존경심을 가지고 따른다는 의미를 가진다. 바보 같은 질문이겠지만 강대국과 선진국 중 누가 더 강할까? 당연히 후자다. 독자적인 힘이 아무리 강해도 연합국을 당해낼 수는 없다.

《회남자》에서 이런 현상을 명료하게 설명했다.

"강한 사람은 반드시 남의 힘을 쓰는 자다. 남의 힘을 쓸 수 있는 사람은 반드시 마음을 얻은 자다."

민주주의 혹은 국제질서의 근본을 꿰뚫고 있는 듯하다.

민주주의는 사람의 마음을 얻는 정치제도다. 한 개인의 능력이 아무리 뛰어나더라도 사람의 마음을 얻지 못한다면 그는 강자나 승자가 될 수 없다. 국제사회에서도 신뢰를 얻지 못하면 동지를 얻을 수 없다. 경제력이든 군사력이든 따르는 나라가 있어야 힘을 쓸 수 있다.

그런 나라가 되는 원리는 간단하다. 국민 개개인이 모두 믿고 따를 만한 사람이 되는 것이다. 경쟁에서 이겨 나만 잘 되면 그만이라는 생각으로 살아가는 사람들은 결코 타인의 신뢰나 기꺼운 동의를 얻지 못한다. 영어, 수학만 잘하면 유능한 인재라는 소리를 듣는 우리로서는 깊이 고민해야 할 부분이다.

삶의 가치를 결정하는 것

"의술은 천한 기술이오."

이계(耳溪) 홍양호(1724~1802)가 '의사(醫師) 조광일에게 한 말이다. 이계는 18세기 문인으로 대사헌을 비롯해 이조판서, 양관 대제학 등을 지낸 사대부였고 조광일은 몰락한 가문에서 태어나 침술을 익힌 사람이었다. 조광일은 평생 가난하고 미천한 사람들을 치료했다. 그의 의술을 눈여겨본 이계는 진지하게 충고했다. 의술이 천한 기술이기는 하지만 고관대작들에게 쓰면 널리 명성을 얻을 터인데 왜 여항에서 맴도시오, 하면서 말이다.

이계는 왜 의술이 천하다고 했을까? 물론 그 시대는 이계뿐 아니라 모든 이들이 그렇게 생각했을 테지만. 조광일의 대답과 이계의 인물평을 자세히 살펴보면 그 답을 알 수 있다.

조광일은 이계의 충고에 이렇게 대답한다.

"의원들의 교만이 싫습니다. 서너 번 청해야 하고, 가난하고 힘없는 사람이 부르면 100번을 불러도 가지 않더군요. 어질지가 못한 것입니다. 나는 그런 사람들이 밉고 싫습니다. 그래서 가난하고 힘없는 사람들 사이에서 머무는 것입니다."

이계는 조생의 말을 듣고 "그 덕행이 남보다 뛰어나다"고 평했다. '기술'보다 '사람됨'이 더 중요하다는 말이겠다. 선비다운 발상이다.

이계의 말에서 왜 옛사람들이 의술을 천하게 여겼는지 답이 나온다.

'의술'은 '기술'이다. 반면, 선비들이 배운 것은 '기술'이 아니라 '정신'이었다. 기술은 필요한 사람에게 유익을 끼치고 말지만 덕은 세상을 이롭게 한다. 덕이 우선이고 재능은 말단이라는 말도 이런 생각에서 비롯된 것이다. 이계가 조광일을 의원 이상의 의원으로 칭송한 것도 그 때문이다. '정신' 없는 '의술'의 폐해를 확인하고 싶으면 미국 의료보험제도를 다룬 영화 《식코》(sicko)를 보면 된다. 요즘은 기술과 함께 정신을 배운다고 난리지만 사실 배우는 것은 기술에 불과한 경우가 대부분이다.

그리고 사족 하나. 이계는 조광일의 일을 기록하며 마지막에 의미심장한 '예언'을 덧붙였다.

"조생에게 좋은 후손이 태어날 것이다."

탈무드는 지성이든 인성이든 그보다 더 훌륭할 수 없는 사람에게 줄 수 있는 마지막 칭송이 "부디 당신의 후손들이 당신과 같이 훌륭한 사람이 되기를 빕니다" 하는 것이라고 가르친다. 이계가 말이 바로 그 말이다.

의술이든 무엇이든 '기술'에 집착하는 마음을 버려야 한다. 사람을 진정으로 가치 있게 하는 것은 기술이 아니다.

밥상머리 논어를 읽고

'공부하는 이유'를 알려주는 학습 길라잡이

나는 아이 셋을 키우는 아빠다. 둘은 대학생, 하나는 고등학생이다. 학부모로서 나(아빠)는, 아이 셋의 다름에 참으로 놀란다.

한 녀석은 집중력은 대단한데 자기가 관심 없는 것에는 아예 눈길도 주지 않는다. 끈기 하나는 국가대표급인 다른 녀석은 느리다. 밥 먹는 것도 느리고 책 보는 것도 느리다. 나머지 한 녀석은 '호기심 천국'이다. 당장 숙제가 급해도 좋아하는 연예인이 나오면 TV속으로 들어갈 듯하다. 대신 상황판단이 빠르고, 상대방의 감정을 잘 읽는다. 부모로서의 고민이 여기에 있다. 후딱 끝내고 쉬는 녀석은 노는 것처럼 보여서 걱정이고, 늘 느린 녀석은 제때 못 해낼까 걱정이다. 호기심에 들뜨는 녀석은 깊이가 없을까 걱정이다.

고작 셋을 키우면서 이런저런 걱정이 많은 나에게 딱 알맞은 지침서가 나왔다. 《밥상머리 논어》라는 책이다. 생뚱맞게 《논어》를 끌고 와서 '공부하는 법'을 알려주겠다는 그 기획부터 '기발한 발상이다' 싶은 이 책은 술술 읽히면서도 학생을 둔 부모의 가려운 마음 곳곳을 고루고루 긁어준다. 무작정 '이것이 정답이다'가 아니라 가려운 곳마다 적절한 사례를 제시한다.

조선 후기의 천재 박지원은 결혼 후에야 장인을 스승삼아 공부를 시작

216

했다는 놀라운 사실과, 노름의 국수(國手)였다가 노름을 끊고 공부에 매진해 우의정까지 오른 조선 영조 때의 원인손, 게임중독에 빠졌다가 고등학교 1학년 말에야 정신을 차리고 공부해서 서울대에 합격한 어느 학생의 사례까지, 우리의 과거와 현재는 물론 중국과 서양의 사례까지 두루 보여준다.

숯쟁이의 딸과 귀족 가문 아들 사이에 태어난 사생아 레오나르도 다빈치의 일화를 끌어와 "'공무원이나 교사가 아니더라도 네 인생을 열정적으로 불태울 수만 있다면 어떤 직업이라도 괜찮아'라고 말해주자. 혹시 아는가, 당신의 자녀가 레오나르도일지"라고 권하는 저자의 이야기는 아이의 재능을 발견하지 못해 애태우는 부모에게 선사하는 시원한 청량음료와 같다.

또, 지진 때문에 기절한 어머니에게서 태어나 병약하게 자랐지만, 오히려 그 부실함이 '덕'이 되어 대음악가가 된 비발디의 사례는 성장배경이나 건강, 능력 등에서 '타고난 부족함'이 개인의 숨겨진 개성과 자질을 집약시키는 촉발제가 될 수도 있다는 것을 예시한다.

자식의 공부환경을 말할 때 가장 자주 오르내리는 '맹모삼천지교'를 두고 지은이는 "적극적이되 느긋하게, 자연스럽게 공부하도록 만드는 것이 옛 현인들의 학습법이었다"고 설명한다. 자식에게 좋은 여건을 만들어 주는 것도 중요하지만 '기다려줄 줄도 알아야 한다'고 말이다.

시험에 고비를 마신 수험생 혹은 자식의 출세가 늦어서 걱정스러운 부모를 위해서는 공자, 맹자는 물론이고, 영원한 시성(詩聖)으로 추앙받는 이백과 두보까지 끌고 온다. 공자와 맹자 모두 자신이 원하는 대로 벼슬을 얻지 못했고, 관직 도전에 나선 지 8년 만에야 겨우 무기고 관리직을 얻은 두보, 18년 동안이나 면접에서 고배를 마신 이백의 실패담까지 과감히 공개한다. 시험에 한 번 실패했다고 기죽을 필요가 없다는 말이다. 벼락치기 공부는 과연 좋은가? 저자는 이 대목에서도 당당히 말한다, 가치가 있다고. 목숨을 걸고 하룻밤에 천자문을 완성한 주흥사, '최초의 (진정한) 컴퓨터 칩'을 탄생시킨 킬비의 '한 나절의 상상'을 벼락치기의 좋은 예로 데려온다.

물론, 이 책은 '공부하는 방법'을 콕 집어 알려주는 '비결서'는 절대 아니다. 하지만 마음의 갈피는 잡지 못하는 학생, 자녀에게 뭐라고 말해줘야 할지를 고민하는 학부모에게는 매우 유효적절한 길라잡이다. '공부를 왜 해야 하는지, 어떻게 해야 하는지'에 대한 대답도 늘 하던 투에서 벗어나는 길을 제시한다.

지은이는 말한다. "이 책 한 권을 위해 수많은 사람들은 직접 만나 인터뷰하고, 수년간 자료를 모으고, 졸린 눈 부비며 원고를 다듬었다"고. 그 말이 허세가 아님을 이 책 곳곳에서 확인할 수 있어 기뻤고, 그 귀한 결실에 대한 친절한 안내서를 쓸 수 있어 오히려 영광이다.

TBC편성기획팀장 **김 승 규**

[참고한 책들]

- 이기동, 《논어 강설》, 성균관대학교출판부, 2005.
- 이현진, 《공부는 내 인생에 대한 예의다》, 쌤앤파커스, 2011.
- 최규호, 《불합격을 피하는 법》, 법률저널, 2012.
- 맹자, 박경환 옮김, 《맹자》, 홍익출판사, 2005.
- 브라이언 클레그, 김승욱 옮김, 《괴짜생태학》, 웅진지식하우스, 2010.
- 신창호, 《함양과 체찰 – 조선의 지성 퇴계 이황의 마음공부법》, 미다스북스, 2010.
- 피터 드러커, 이동현 옮김, 《피터 드러커 자서전》, 한국경제신문, 2005.
- 아담 스미스, 박세일 옮김, 《도덕감정론》, 비봉출판사, 2009.
- 마이클 샌델, 안기순 옮김, 김선욱 감수, 《돈으로 살 수 없는 것들 – 무엇이 가치를 결정하는가》, 와이즈베리, 2012.
- 김태수, 《꼿 가치 피어 매혹케 하라 – 신문광고로 본 근대의 풍경》, 황소자리, 2005.
- 가브리엘 가르시아 마르케스, 안정효·김욱동 옮김, 《백년 동안의 고독》, 문학사상, 2005.
- 한병철, 김태환 옮김, 《피로사회》, 문학과지성사, 2012.
- 권인호·박찬호, 임옥균 옮김, 《유술록》, 학고방, 2012.
- 슈테판 츠바이크, 안인희 옮김, 《위로하는 정신》, 유유, 2012.
- 제레미 리프킨, 안진환 옮김, 《3차 산업혁명》, 민음사, 2012.
- 잭 웨더포드, 정영목 옮김, 《칭기스칸 잠든 유럽을 깨우다》, 사계절출판사, 2005.
- 유성룡, 김흥식 옮김, 《징비록》, 서해문집, 2003.
- 존 스튜어트 밀, 최요한 옮김, 《자유론》, 홍신문화사, 2006.
- 도널드 서순, 오은숙 외 옮김, 《유럽 문화사 3》, 뿌리와이파리, 2012.
- 와타나베 레이코, 박유미 옮김, 《레오나르도 다 빈치의 식탁》, 시그마북스, 2012.
- 신동헌, 《음악가를 알면 클래식이 들린다》, 서울미디어, 1999.
- 한나 아렌트, 김선욱 옮김, 정화열 해제, 《예루살렘의 아이히만》, 한길사, 2006.
- 이수광, 《잡인열전》, 바우하우스, 2008.
- 이한우, 《성종, 조선의 태평을 누리다》, 해냄, 2006.
- 피에르 바야르, 《읽지 않은 책에 대해 말하는 법》, 여름언덕, 2008.
- 이성무 외 지음, 《조선의 옛사람들에게서 우리를 만나다》, 푸른사상, 2011.
- 윌리엄 맨체스터, 이순호 옮김, 《불로만 밝혀지는 세상》, 이론과실천, 2008.

- 입간상개, 정성환 옮김, 《인물로 보는 중국역사》, 신원문화사, 1994.
- 박성수, 《부패의 역사》, 모시는사람들, 2009.
- 마이클 샌델, 이창신 옮김, 《정의란 무엇인가》, 김영사, 2010
- 패트리샤 보스위스, 정영목 옮김, 《세계를 매혹시킨 반항아 말론 브랜도》, 2003.
- 정구선, 《조선의 출셋길, 장원급제》, 팬덤북스, 2010.
- 정일근, 《유배지에서 보내는 정약용의 편지》, 당그래, 2002.
- 마인하르트 미겔, 이미옥 옮김, 《성장의 광기》, 뜨인돌, 2011.
- 백두현, 《조선시대 선비의 삶》, 역락, 2011.
- 샘 킨, 이충호 옮김, 《사라진 스푼》, 해나무, 2011.
- 야오간밍, 손성하 옮김, 《노자강의》, 김영사, 2010.
- 사마천, 고은수 옮김, 《사기》, 풀빛, 2006.
- 엠마뉘엘 르루아 라뒤리, 유희수 옮김, 《몽타이유》, 길, 2006.
- 대니얼 앨트먼, 고영태 옮김, 《10년 후 미래》, 청림출판, 2011.
- 필립 롱맨, 백영미 옮김, 《텅 빈 요람》, 민음인, 2009.
- 데이비드 몽고메리, 이수영 옮김, 《흙》, 삼천리, 2010.
- 힐버트, 토드 홉킨스, 신윤경 옮김, 《청소부 밥》, 위즈덤하우스, 2006.
- 알베르토 마티올리, 윤수정 옮김, 《빅 파바로티》, 추수밭, 2008.
- 아서 밀러, 강유나 옮김, 《세일즈맨의 죽음》, 민음사, 2009.
- 마르쿠스 아우렐리우스, 이현우 외 1명 옮김, 《아우렐리우스의 명상록》, 소울메이트, 2013.
- 나탈리 제먼 데이비스, 김복미 옮김, 《선물의 역사》, 서해문집, 2004.
- 이안 켈리, 채은진 옮김, 《천재 파티시에 프랑스 요리의 왕》, 말글빛냄, 2005.
- 게리 하멜, 방영호 옮김, 《지금 중요한 것은 무엇인가》, 알키, 2012.
- 규장각한국학연구원, 《조선 전문가의 일생》, 글항아리, 2010
- 헤르만 헤세, 전영애 옮김, 《데미안》, 민음사, 2000.
- 하인리히 창, 카트야 베츠, 《신동》, 프로네시스, 2008.
- 포리스트 카터, 조경숙 옮김, 《내 영혼이 따뜻했던 날들》, 아름드리미디어, 2003.
- W.C밴더위스, 김문호 옮김, 《인디언 추장 연설문》, 그물코, 2004.
- 잭 웨더포드, 이종인 옮김, 《칭기스칸의 딸들》, 책과함께, 2012.
- 박지원, 이민수 옮김, 《호질 양반전 허생전 외》, 범우사, 2000.
- 유안, 김성환 옮기고 씀, 《회남자, 고대 집단 지성의 향연》, 살림, 2007.
- 최기숙, 《문밖을 나서니 갈 곳이 없구나》, 서해문집, 2007.